W0289209

Alexia Meyer-Kahlen

Harmony
Ein Pferd für immer

Alexia Meyer-Kahlen

Harmony

Ein Pferd für immer

cbj

Der Verlag weist ausdrücklich darauf hin, dass im Text enthaltene externe Links vom Verlag nur bis zum Zeitpunkt der Buchveröffentlichung eingesehen werden konnten. Auf spätere Veränderungen hat der Verlag keinerlei Einfluss. Eine Haftung des Verlags ist daher ausgeschlossen.

Dieses Buch ist auch als E-Book erhältlich.

MIX
Papier aus verantwortungsvollen Quellen
FSC® C014496
FSC www.fsc.org

Verlagsgruppe Random House FSC® N001967

1. Auflage 2017
© 2017 cbj Kinder- und Jugendbuchverlag
in der Verlagsgruppe Random House GmbH
Neumarkter Str. 28, 81673 München
Alle Rechte vorbehalten
Umschlagkonzeption: semper smile, München
unter Verwendung von Bildern von © Getty Images (vm);
© Shutterstock (Titikul_B/Elenamiv)
jk · Herstellung: AJ
Satz: KompetenzCenter, Mönchengladbach
Druck: GGP Media GmbH, Pößneck
ISBN 978-3-570-17441-8
Printed in Germany

www.cbj-verlag.de

Eine Frage der Motivation

Jenny rutschte unruhig auf ihrem Stuhl hin und her. Jetzt, so kurz vor den Sommerferien und den anstehenden Zeugnissen, kannte sie schon fast alle ihre Noten – bis auf Mathe. Frau Furtwängler hatte sich einfach nicht erweichen lassen, vor dem heutigen Tag die Zeugnisnoten mit der Klasse zu besprechen. Dabei hing gerade in diesem Fach doch so viel davon ab, ob es eine Vier oder gerade eben noch eine Drei würde.

»Wenn du das Ruder nicht herumreißt und in den Hauptfächern Dreien bringst, ist jeder Pferdekontakt für dich erst einmal gestorben.«

Genau das waren die Worte ihres Vaters gewesen.

Schon wahr, ihre Versetzung in die achte Klasse des Gymnasiums hatte zum Halbjahr nicht gut ausgesehen. Von den Lehrern waren Förderpläne geschrieben worden, ihre Mutter hatte sogar das Geld für Nachhilfestunden in Mathe und Englisch zusammengekratzt. Als ob Jennifer blöd wäre … Wenn sie sich etwas Mühe gab, kapierte sie den Stoff sehr wohl. Doch meistens hatte sie einfach keine

Lust auf Schule. Ihre Gedanken waren stattdessen gefangen von irgendeinem »ihrer« Pferde auf dem Hoppenhof, wo sie sich mit ein paar Stunden Arbeit als Stallmädchen ihre Reitstunden verdiente. In den Jahren nach der Scheidung ihrer Eltern war der Hof wie ein zweites Zuhause geworden, und die Pferde ihre Familie. Eigentlich kein Wunder, dass die Schule dabei etwas zu kurz kam …

»Sie kommt«, zischte ihre beste Freundin Kassie, eigentlich Kassandra, und riss Jenny aus ihren Gedanken.

Frau Furtwängler betrat den Raum und die Klasse erhob sich lustlos zu einem gemurmelten »Guten Morgen«. Dann setzte die Lehrerin ihre Tasche auf das Pult und holte ihr rotes Notizbüchlein heraus.

»Wie angekündigt, wollen wir heute die Zeugnisnoten besprechen.«

Kassie drückte unter dem Tisch Jennys Hand. Sie wusste, was für ihre Freundin auf dem Spiel stand. Auch Kassies Eltern waren geschieden, und manchmal hatte Jenny das Gefühl, als beneidete Kassie sie ein bisschen um ihre Freundschaft mit den Pferden.

Bald schon war die Furtwängler bei B angelangt: »Burkhard, Jennifer.«

Frau Furtwängler schaute Jennifer nachdenklich an, als würde sie sich gerade erst ihre endgültige Zeugnisnote überlegen.

»Schriftlich: Drei, Vier plus und Vier. Mündlich: Wenn du mitmachst, sind deine Beiträge sehr gut. Aber oft hat man bei dir das Gefühl, dass du in Gedanken auf einem anderen Planeten bist.«

»Auf dem Gaulplaneten«, grölte Jens dazwischen, und die ganze Klasse lachte, einige wieherten dabei. Jenny war bekannt dafür, sich für nicht viel anderes als Pferde zu interessieren. Sollten sie sich doch lustig machen, die hatten eh keine Ahnung.

Frau Furtwängler wartete, bis die Klasse wieder still wurde.

»Eigentlich reicht das nicht für ein *befriedigend.*«

Jennys Herz setzte für einen Moment aus, und Kassie drückte ihre Hand unter dem Tisch so fest, dass sie fast aufschrie.

»Auf der anderen Seite ...«, Frau Furtwängler war für ihre kunstvollen Pausen berühmt und berüchtigt. »Auf der anderen Seite ist es mehr als erstaunlich, wie du dich von einer Vier minus im Halbjahreszeugnis auf diesen Stand verbessert hast.«

Sie blickte Jenny in die Augen.

»Du könntest in Mathe mit Leichtigkeit auf eine Zwei kommen, Jennifer. Die nötige Intelligenz dazu besitzt du. Wenn du nur willst ...«

Jenny konnte die Spannung kaum noch aushalten.

»Was bekomme ich denn jetzt im Zeugnis, Frau Furtwängler?«, brach es aus ihr heraus.

»Ich denke, es ist für dich eine positive Motivation, wenn ich dir im Zweifel die bessere Note gebe. Du bekommst noch ein *befriedigend.*«

Jenny fühlte sich für einen Moment wie ein Ballon, aus dem gerade die ganze Luft entwichen war. Dann brachte sie gerade so ein gehauchtes »Danke, Frau Furtwängler« zustande.

Die Klassenlehrerin seufzte kurz auf und sagte: »Du weißt, was ich von dir erwarte, Jennifer.« Dann wandte sie sich der nächsten Schülerin zu.

Jenny hörte gar nicht mehr hin, denn schon im nächsten Moment kam ihr eine Idee. Sie konnte es kaum erwarten, bis endlich der Pausengong ertönte.

Obwohl es den Schülern verboten war, auf dem Schulgelände ihr Handy zu benutzen, verdrückte sich Jenny in der Pause gleich in eine Ecke des Schulhofs, die nicht eingesehen werden konnte, und rief ihren Vater an.

Ausnahmsweise sprang nicht die Mailbox an, sondern er war selbst dran.

»Klaus Burkhard.«

Sie platzte gleich heraus: »Paps, hier ist Jenny. Ich habe meine Zeugnisnoten. Deutsch, Englisch und Mathe – alles Drei.«

»Meine fleißige Tochter. Ich wusste doch, dass du das schaffst.«

Der Stolz in der Stimme ihres Vaters war nicht zu überhören.

»Frau Furtwängler hat gesagt, ich brauche eine positive Motivation, dann kann ich sogar auf eine Zwei in Mathe kommen«, beeilte sie sich hinterherzuschieben.

Ihr Vater schien amüsiert. »Soso, das hat sie gesagt. Und was wäre so eine positive Motivation?«

Jennifer hielt für einen Moment den Atem an und sammelte all ihren Mut.

»Ein eigenes Pferd.«

Jetzt war es heraus, ihr allersehnlichster Herzenswunsch war auch ihrem Vater gegenüber einmal ausgesprochen.

Klaus Burkhard stutzte. »Du willst mir allen Ernstes erzählen, deine Mathelehrerin hätte gesagt, dass du ein eigenes Pferd brauchst, um auf eine Zwei in Mathe zu kommen?«

Es gongte zum Pausenende.

»Nein, so hat sie es nicht gesagt«, beeilte sich Jenny. »Nur das mit der positiven Motivation und der Zwei. Aber ich weiß, dass für mich die allerpositivste Motivation für gute Noten ein eigenes Pferd wäre.«

»Hat es nicht gerade gegongt, Jennifer? Und wieso telefonierst du überhaupt auf dem Schulhof? Ich dachte, das ist verboten?«

Jenny sah plötzlich all ihre Felle davonschwimmen.

»Bitte sag wenigstens, dass du es dir überlegst, Paps. Schließlich bin ich deine Lieblingstochter«, schmiss sie ihren letzten Trumpf in die Waage.

»Du bist meine einzige Tochter«, antwortete Klaus Burkhard trocken. Offenbar war er nicht in der Stimmung, sich einwickeln zu lassen.

»Und über das mit der Motivation denke ich noch mal nach. Jetzt schau, dass du in den Unterricht kommst.«

Als sie nach Hause kam, fand sie einen handgeschriebenen Zettel am Kühlschrank: *Musste noch mal in die Redaktion. Gemüsesuppe im Topf im Kühlschrank. Kuss, Mama.*

Jenny zog eine Grimasse, schnitt sich demonstrativ zwei Scheiben Brot ab und beschmierte sie dick mit Nutella.

Seit der Scheidung lebte sie mit ihrer Mutter in einer

Dreizimmerwohnung am Rand von Frankfurt – mehr konnten sie sich von Lena Burkhards Einkommen als Redakteurin bei einer Frauenzeitschrift nicht leisten. Ihren Vater sollte sie eigentlich regelmäßig am Wochenende und in den Ferien sehen, aber er war für seine Firma oft unterwegs, auch im Ausland, sodass meistens nichts daraus wurde.

»Ich habe einen Handyvater«, sagte sie oft zu Kassie, denn in der Tat sprach sie mit ihm viel öfter am Telefon, als dass sie ihn sah.

»Sei froh«, hatte Kassie ihr geantwortet, »der macht dir wenigstens keinen Ärger.«

Nein, Ärger machte ihr der Vater nicht. Dafür ihre Mutter umso mehr. Andauernd gab es Stress, weil Jenny so viel im Stall war. Und ihre Diskussionen liefen dann meistens nach demselben Muster ab:

»Die nutzen dich da doch nur aus. Ständig mistest du irgendwelche Boxen oder putzt irgendwelche Pferde. Für das bisschen Reiten. Das ist eine Unverschämtheit«, motzte ihre Mutter herum.

»Woher willst du das denn wissen? Du kommst ja niemals mit in den Stall«, gab Jenny dann patzig zurück.

»Ich mach mir eben nichts aus Pferden, das weißt du doch«, war die Standardantwort von Lena Burkhard.

»Dann bezahl mir wenigstens ein paar Reitstunden«, versuchte Jenny meistens zu kontern.

»Du weißt genau, dass wir uns das nicht leisten können«, gab ihre Mutter dann etwas kleinlaut zurück. Um gleich wieder nachzusetzen: »Aber warum müssen es denn immer Pferde sein? Geh doch mal ins Kino, oder lies was, oder tu endlich was für die Schule!«

Spätestens an diesem Punkt verließ Jennifer türenknallend den Raum, nicht ohne der Mutter noch entgegenzuschleudern: »Du hast überhaupt keine Ahnung …«

Nachdem sie ihre Nutellabrote verschlungen und die Reitsachen angezogen hatte, radelte Jenny zum Stall. Je näher sie dem Gehöft in den Außenbezirken Frankfurts kam, desto freudiger wurde ihr Herz.

Der Hoppenhof war ein reiner Schulbetrieb, doch Jenny konnte spüren, dass viele der zwölf Ponys, Kleinpferde und Pferde nicht wirklich glücklich damit waren, Stunde um Stunde Reitschüler auf ihrem Rücken durch die kleine Halle zu tragen. Aber so verdienten sie nun mal ihren Lebensunterhalt, und deshalb versuchte sie, ihnen ihr Leben so angenehm wie möglich zu machen.

Sie achtete darauf, dass zumindest die Boxen immer gemistet und sauber eingestreut waren und dass jedes Pferd frisches Heu hatte, wenn es zurück in seine Box kam. Die Pferde, die nicht in den Unterricht mussten, nahm sie zum Grasen auf das kleine Stück Weide heraus, das zum Stall gehörte. Und wenn ein Pferd seine Arbeit für den Tag beendet hatte, putzte sie ihm oft noch mal den getrockneten Schweiß aus dem Fell.

Die Pferde des Hoppenhofs dankten es Jenny mit großer Liebe. Wenn sie die Stallgasse betrat, kam ihr von allen Seiten zur Begrüßung ein zärtliches Brummeln oder freudiges Wiehern entgegen.

Auch Frau Hecker, die Eigentümerin des Stalles, gab Jennifer mehr als einmal zu verstehen, wie froh sie war, dass sie sich so um die Tiere kümmerte. Sie selbst gab den ganzen Tag Reitunterricht und hatte einfach nicht die Zeit, sich um jedes einzelne Pferd zu kümmern.

Doch heute war Jenny irgendwie nicht bei der Sache. Ihr Vater hatte gesagt, er werde über die Sache mit der Motivation nachdenken. Ob er im Ernst überlegte, ihr ein eigenes Pferd zu kaufen?

»Vergiss es«, sagte eine Stimme in Jennifers Kopf. »Wie soll Mama denn jemals den Unterhalt bezahlen?«

Aber Frau Hecker konnte sie ja fragen, was es kosten würde, wenn sie ein Pferd bei ihr unterstellte. Vielleicht konnte sie auch dafür arbeiten.

Wieder meldete sich die Stimme in ihrem Kopf: »Wenn du ein eigenes Pferd hättest, würdest du es doch niemals hier unterstellen!«

Das stimmte.

Jenny wusste in der Tiefe ihres Herzens, dass Pferde, die in Boxen eingesperrt wurden, sehr unglücklich waren. Seit sie mal einen Film über eine Mustang-Herde gesehen hatte, die sich jeden Tag grasend 30 bis 50 km über die Steppe bewegte, verschlang sie alles, was sie über diese amerikanischen Wildpferde in die Hände bekommen konnte. Und hier? Die Schulpferde mussten drei bis fünf Stunden am Tag stupide in der Reitbahn oder an der Longe im Kreis herumlaufen und waren ansonsten auf zwei mal drei Metern eingesperrt. Musste das wirklich so sein oder konnte man Pferde nicht auch anders halten?

Frau Hecker kam in die Stallgasse.

»Jenny, ich brauche für die nächste Stunde Racker, Billy und Sina. Die Reitschüler sind gleich da. Hilfst du ihnen bitte, die Pferde fertig zu machen?«

Sie wusste nicht, welcher Teufel sie ritt, als sie ihren Mund öffnete und sich sagen hörte: »Frau Hecker, ich habe ganz tolle Neuigkeiten.«

Die Stallbesitzerin blieb stehen und sah sie erstaunt an: »Ja?«

Jenny zögerte einen Moment.

»Ich bekomme vielleicht ein eigenes Pferd. Mein Vater will mir eins schenken wegen meiner guten Schulnoten.«

Hast du völlig den Verstand verloren?, schalt sie ihre innere Stimme, und schon wurde sie knallrot.

Gott sei Dank war Frau Hecker mit ihren Gedanken schon wieder woanders.

»Schön, schön«, murmelte sie. »Und überprüf bitte den Sattelgurt von Sina. Ich glaube, der müsste mal ausgetauscht werden.«

»Klar, Frau Hecker«, beeilte sich Jennifer zu sagen, aber da war die Stallbesitzerin schon wieder in der Halle verschwunden.

Als Jenny abends nach Hause kam, hatte Lena Burkhard den Tisch schön gedeckt, und es roch nach ihrer berühmten Bolognese.

»Feiern wir was?«, erkundigte sie sich.

»Deine Zeugnisnoten!«, strahlte ihre Mutter sie an.

»Woher weißt du das denn?«, antwortete Jenny verdattert.

»Kassandra hat für dich angerufen. Sie hat es mir erzählt.«

Jenny schüttelte den Kopf. Nichts konnte diese Klatschtante Kassie für sich behalten.

Mit einem Seitenblick auf ihre dreckigen Reitsachen unterbrach Lena Burkhard ihre Gedanken: »Zieh dich schnell um, dann essen wir. Und außerdem habe ich eine Überraschung für dich.«

Nachdem sie sich beide den Bauch vollgeschlagen hatten, druckste die Mutter ein wenig herum.

»Nächste Woche fangen ja die Sommerferien an. Ich hätte die Möglichkeit, eine Reportage über das Leben der Frauen in Süditalien zu machen. Du könntest mich begleiten, wenn du willst. Das sind für uns zwei Wochen voll bezahlter Urlaub mit Spesen.«

Jennys Herz sank in die Magengegend.

»Das soll eine Überraschung sein?«, entfuhr es ihr.

Sie war ab und zu schon mal auf Reportagereisen mitgefahren und hatte sich dabei schier zu Tode gelangweilt. Ständig musste irgendjemand interviewt werden, oder Fotos mussten geschossen werden, und sie hatten kaum Zeit, die Dinge zu tun, die Jenny Spaß machten.

»Irgendwie habe ich mir das schon gedacht, dass du nicht so begeistert sein würdest«, murmelte Lena Burkhard. »Aber man kann's ja mal versuchen …«

Jenny erhob sich.

»Warte«, hielt ihre Mutter sie zurück. »Papa hat angerufen und irgendetwas von einer positiven Motivation für deine Schulnoten erzählt.«

»Und?«, drängte sie.

Lena Burkhard fuhr fort. »Er sagt, er schenkt dir in den Sommerferien zwei Wochen Reiterferien deiner Wahl. Die könntest du ja machen, während ich in Süditalien bin.«

Jenny hielt für einen Moment die Luft an. Es war zwar kein eigenes Pferd, aber es gab zwei Wochen Ferien mit Pferden.

»Freust du dich denn gar nicht?«, wollte Lena Burkhard von ihrer Tochter wissen.

»Doch, doch. Ich freue mich sehr«, antwortete Jenny geistesabwesend, während es in ihrem Kopf schon ratterte, wohin sie fahren könnte.

»Erzähl mir von Uropa«, murmelte Jenny, als ihre Mutter sich später noch mal an ihr Bett setzte, um ihr Gute Nacht zu sagen. In regelmäßigen Abständen musste sie Jennifer vom Urgroßvater erzählen, der Pferde über alles geliebt und so etwas wie einen sechsten Sinn für sie besessen hatte. Er war leider schon lange vor Jennys Geburt gestorben.

»Dieses Pferde-Gen hast du sicher von ihm geerbt«, seufzte sie jetzt und nahm ihre Tochter in den Arm.

»Siehst du, ich kann einfach nicht anders«, brummte Jennifer und kuschelte sich an ihre Mutter. »Und jetzt erzähl schon.«

Obwohl Jenny die Geschichte ihres Großvaters in- und auswendig kannte, musste Lena Burkhard sie immer wieder aufsagen: »Dein Urgroßvater wurde auf einem Gestüt in Ostpreußen geboren, wo edle Trakehner gezüchtet wurden. Sein Vater war dort Stallmeister, und schon von klein an fiel allen auf, dass dein Uropa eine ganz besondere Art mit Pferden hatte. Er konnte die Pferde verstehen und mit ihnen in ihrer Sprache reden. Die Pferde vertrauten ihm bedingungslos, und selbst schwierigste Pferde wurden ruhig, wenn er in ihrer Nähe war.«

»Warum hat er dir eigentlich nicht gezeigt, wie das geht, mit Pferden zu sprechen?«, hakte Jenny nach.

Lena Burkhard sah Jennifer traurig an. »Du weißt doch, wie die Geschichte weitergeht. Als dein Urgroßvater in deinem Alter war, mussten sie wegen des Zweiten Weltkriegs das Gestüt verlassen und in den Westen fliehen. Sie konnten die wertvollsten Pferde mitnehmen, aber nur einige wenige von ihnen haben den langen Weg überlebt. Ich glaube, der Schmerz über den Verlust seiner geliebten Pferde war einfach zu groß, als dass er sich jemals wieder auf ein Pferd einlassen konnte.«

Die Mutter erhob sich. »So und jetzt schläfst du.«

»Mama?«, hielt Jenny sie zurück. Ihr war ein Gedanke gekommen. »Wo hat Uropa das eigentlich gelernt, so mit Pferden zu reden? Von seinem Vater?«

»Ich glaube, es war einfach eine Gabe, die ihm in die Wiege gelegt war.«

»Das Pferde-Gen«, ergänzte Jenny.

»Ja, vielleicht ist es so eine Art angeborener sechster Sinn für Pferde.«

»Glaubst du, ich habe das von ihm geerbt?«

Lena Burkhard strich ihrer Tochter übers Haar. »Das kann schon gut sein. Du wirst es sicherlich eines Tages herausfinden …«

Im Pferdehimmel

Schon seit Stunden saß Jenny am Computer und googelte alles, was sie über Reiterferien auf verschiedenen Höfen der näheren und weiteren Umgebung herausfinden konnte. Das meiste war sich ziemlich ähnlich. Im Prinzip waren es Schulställe wie der Hoppenhof, nur dass man zusätzlich zu den Reitstunden auch ein paar Ausritte machen konnte.

Jedes andere Mädchen wäre sicher begeistert gewesen, auf einen dieser Ponyhöfe zu fahren. Aber Jenny suchte etwas anderes, ohne dass sie genau sagen konnte, was.

Einer plötzlichen Eingebung folgend, gab sie als Suchbegriff »mit Pferden sprechen lernen« ein. Gleich die erste Webseite schien ein Volltreffer zu sein: das Blue-Horse-Zentrum für Pferdekommunikation ein paar Stunden nördlich von Frankfurt.

Aufgeregt kam sie ins Zimmer ihrer Mutter gelaufen, die gerade selbst am Computer saß und schrieb.

»Mama, ich hab's. Ich weiß jetzt, wo ich die geschenkten Reiterferien von Papa verbringen will. Du musst da sofort anrufen, ob was frei ist.«

»Jennifer, bitte, ich bin gerade mitten in einem schwierigen Artikel, den ich heute Mittag an die Redaktion schicken muss.«

Jenny ignorierte den unwilligen Gesichtsausdruck ihrer Mutter und platzte heraus: »Die bieten da Kurse im ›Natural Horsemanship‹ an, fünf oder zehn Tage, also quasi Pferdeflüstern, und das schließt sogar mit einem Zertifikat ab. Man macht mit den Pferden alles vom Boden aus, weil man nur so erst mal die Sprache der Pferde verstehen kann. Und sogar in Freiarbeit, ohne Halfter, Zaumzeug oder Sattel. Stell dir vor, das alles kann man wirklich lernen. Ich MUSS da einfach hin!«

Lena Burkhard legte seufzend ihre Lesebrille ab.

»Okay, okay. Ich sehe: höchste Dringlichkeitsstufe. Dann gib mir mal die Adresse, ich schaue mir das an.«

Während sie die Internetadresse in den Computer eingab, sah Jenny ihr gespannt über die Schulter.

Die Webseite des Blue-Horse-Zentrums für Pferdekommunikation öffnete sich mit schönen Bildern von entspannt aussehenden Pferden, von denen auffallend viele schwarz oder braun gescheckt waren.

Die ganze Anlage war sehr gut ausgestattet, es gab Paddocks und Sommerweiden, Innen- und Außenreitplätze sowie einen hoch eingezäunten Sandplatz für die Freiarbeit.

»Sieht gut aus«, murmelte die Mutter.

»Die züchten dort sogar Paints, Mama!« Jennys Stimme überschlug sich fast vor Aufregung.

»Was züchten die da?«

»Paint Horses, das sind gescheckte Quarters.«

»Jenny, ich habe keine Ahnung, wovon du redest. Ich gehe jetzt mal auf die Kurse.«

Die Mutter klickte den entsprechenden Button an und schon entrollte sich die Kursübersicht. Und wirklich gab es gleich zu Beginn der Sommerferien einen zehntägigen *Natural-Horsemanship*-Grundlagenkurs.

»Stolzer Preis«, murmelte sie. »Aber wenn dein Vater dir das bezahlt …«

»Wird er schon. Du musst bitte jetzt sofort da anrufen, ob noch ein Platz frei ist.«

Vor lauter Aufregung fing Jenny sogar an, an den Nägeln zu kauen.

»Mein Gott, Kind. Du bist ja ganz aus dem Häuschen. So habe ich dich noch nie erlebt«, versuchte die Mutter sie zu beruhigen.

»Mama, ich weiß einfach, ich MUSS da hin. Ruf jetzt bitte sofort an!«

Eine freundliche Frau am Telefon erklärte ihnen, dass das Mindestalter für allein reisende Jugendliche sechzehn Jahre und der *Natural-Horsemanship*-Grundlagenkurs restlos ausgebucht sei – immerhin fing er ja schon in fünf Tagen an.

»Ich versichere Ihnen, dass meine dreizehnjährige Tochter sehr selbstständig und daran gewöhnt ist, längere Zeit unbeaufsichtigt zu sein«, hörte Jenny ihre Mutter zu ihrer Überraschung sagen.

Sie schenkte ihr einen dankbaren Blick.

»Ja, ich übernehme die volle Verantwortung, wenn meine Tochter ohne Begleitung eines Erwachsenen bei Ihnen ist. In Ordnung, dann setzen Sie Jennifer bitte auf die Warteliste und melden sich, falls kurzfristig noch jemand abspringt.«

Kaum hatte Lena Burkhard aufgelegt, flog ihr Jennifer um den Hals.

»Du bist die beste Mama der ganzen Welt.«

Die Mutter drückte sie.

»Ich riskiere für dich Kopf und Kragen. Aber wenn es dir so wichtig ist, da hinzufahren, wollen wir wenigstens alles versuchen. Jetzt ruf deinen Vater an und stell sicher, dass er dir für den Fall des Falles den Kurs bezahlt.«

Jenny wusste genau, wie sie ihren Vater um den Finger wickeln konnte. Als er sich am Telefon meldete, schoss sie gleich los: »Lieber Papa, du kannst mir nicht nur meinen Traumurlaub schenken, sondern auch noch etwas für meine Bildung tun!«

Für einen Moment wusste Klaus Burkhard offenbar nicht, wovon Jennifer sprach.

»Ich dachte, du willst Reiterferien machen?«

»Papa, Reiterferien!«, erwiderte Jenny mit gespielter Entrüstung. »Ich möchte gerne einen Zertifikatskurs in der Kommunikation mit Pferden absolvieren.«

»Und?« Klaus Burkhard verstand immer noch nicht, worauf seine Tochter hinauswollte.

»Na ja, Ausbildungskurse sind natürlich etwas teurer als normale Ferienkurse.«

Ihr Vater lachte auf. »Ach, dahin läuft der Hase!«

»Papilein, das bringt mich bestimmt total weiter, diesen

Kurs zu machen. In meiner ganzen persönlichen Entwicklung und Reifung«, beeilte Jenny sich hinterherzuschieben. »Ganz abgesehen von der ungeheuer positiven Motivation für meine schulischen Leistungen.«

»Schon gut, Jennifer. Du musst dich nicht so anstrengen, mir deinen Kurs zu verkaufen. Versprochen ist versprochen. Du hast eine gute Leistung gezeigt und dafür möchte ich dich belohnen. Das wird schon nicht die Welt kosten.«

Nach drei Tagen voller Hoffen und Bangen kam tatsächlich der erlösende Anruf. Eine Teilnehmerin sagte aus Krankheitsgründen kurzfristig ab und Jenny konnte auf den freien Kursplatz nachrücken.

Frau Hecker musste wohl oder übel akzeptieren, dass sie und die Pferde des Hoppenhofs für einige Zeit auf Jennifer verzichten mussten. Kassie ließ sich schwören, jeden Tag mindestens einen Lagebericht per WhatsApp zu bekommen. Und als ihre Mutter sie fragte, ob es ihr etwas ausmachen würde, schon einen Tag vor Kursbeginn anzureisen und danach noch ein paar Tage länger zu bleiben, damit es zu ihrem Flug nach Italien passte, konnte Jenny ihr Glück kaum fassen. So würde sie sich erst mal in Ruhe alles anschauen können, bevor der Kurs begann, und hätte danach noch etwas Zeit – vor allem für die Paint Horses, denen ihre ganze heimliche Bewunderung und Liebe galt. Mit sechs Jahren hatte sie zu Weihnachten ein Buch bekommen, das Bilder aller Pferderassen dieser Welt enthielt. Wieder und wieder hatte sie die Fotos und rassetypischen Merkmale studiert und war irgendwann zu dem Schluss gekommen, dass neben den wilden Mustangs, die einst die Weiten Nordamerikas bevölkerten, die von ihnen abstammenden gescheckten Paints für sie die schönsten Pferde der Welt waren. Wenn sie irgendwann einmal ein eigenes Pferd hätte, dann würde es gewiss ein Paint Horse sein.

»Die Paint-Zucht ist mein Bereich, und mein Mann Ray kümmert sich um das Horsemanship«, ließ Bettina Jones, die herzliche Eigentümerin des Blue-Horse-Zentrums, sie bei ihrer Ankunft wissen.

»Stammen Sie aus Amerika, Frau Jones?«, konnte sich Lena Burkhard nicht verkneifen zu fragen, wofür sie von Jenny einen Rippenstoß bekam. Immer musste sie die Leute so peinlich aushorchen, das war wohl ihre Berufskrankheit.

Doch Bettina Jones antwortete mit großer Offenheit.

»Nennen Sie mich gerne Betty, das tun alle hier. Mein Mann ist Amerikaner. Er vertritt bei uns auch den Western-Reitstil, wogegen ich ursprünglich aus der klassischen Englischen Reitweise komme. Aber das Natural Horsemanship ist unabhängig von irgendeinem Reitstil – wir hatten sogar einige hochrangige Turnierreiter hier, die am Boden mit ihren Pferden überhaupt nicht umgehen konnten. Denn beim Pferdeflüstern, wie es manchmal auf Deutsch genannt wird, geht es allein um die pferdegerechte Kommunikation.«

»Ist das nicht immer so beim Reiten?«, hakte Jennifers Mutter nach.

Betty schüttelte den Kopf. »Leider nicht. Viele Reiter verlangen von dem Fluchttier Pferd, dass es sich ihnen anpasst und unterwirft, was sich mit entsprechendem Druck und Zwang auch erreichen lässt. Wenn wir dagegen wirklich artgerecht mit unserem Pferd umgehen wollen, sei es am Boden oder im Sattel, kommen wir nicht daran vorbei, uns auf das Pferd einzustellen, es zu lesen und mit ihm auf seine Weise zu kommunizieren. Dann kann sich eine echte Partnerschaft zwischen Mensch und Pferd entwickeln, und glauben Sie mir, wenn sie das einmal erfahren haben, wollen Sie nichts anderes mehr.«

»Ich habe das Gefühl, meine Tochter ist bei Ihnen in den besten Händen.«

»Auf jeden Fall«, lachte Betty. »Meine Tochter Joy ist nur ein Jahr älter als Jennifer. Sie wird zusammen mit ihrem Vater den Kurs begleiten. Jenny und Joy werden sich gut verstehen.«

Als sie sich zum Abschied umarmten, waren Jennys Gedanken schon längst gefangen von diesem wunderbaren Ort und all den aufregenden Dingen, die nun vor ihr lagen.

Als es kurz darauf an ihrer Zimmertür klopfte, stand ein schlankes Mädchen mit blondem Pferdeschwanz vor ihr. Sie trug Jeans und einen Cowboyhut.

»Hi, ich bin Joy. Ich dachte, ich zeig dir mal die Anlage, wenn du Lust hast.«

Sie hatte das gleiche offene Gesicht wie ihre Mutter.

Jenny fiel ein Stein vom Herzen. Wenn sie irgendwelche Befürchtungen gehabt haben sollte, dass diese Joy eine arrogante Zicke sein könnte, waren sie mit einem Schlag wie weggewischt.

»Und ob ich Lust habe. Warte, ich zieh nur meine Reitstiefel an.«

Nach wenigen Minuten war klar, dass Jenny und Joy, was Pferde betraf, vollkommen auf einer Wellenlänge lagen.

Alle Pferde des Blue-Horse-Zentrums lebten in Offenstallhaltung und konnten sich in verschiedenen kleinen Herdenverbänden in den geräumigen Paddocks und auf den Weiden frei bewegen.

»Wir haben in all unsere Offenställe Paddock-Trails gebaut«, erläuterte ihr Joy. »Wildpferdeherden bewegen sich jeden Tag zig Kilometer zwischen den einzelnen Fressplätzen und Wasserstellen.«

Jenny nickte zustimmend.

»Deshalb haben wir zwischen den Paddocks lange Tracks, also Laufwege, angelegt, die die Pferde von Unterstand zu Heuraufe, von Tränke zu Salzleckstein und zum Wälzplatz führen«, fuhr Joy fort. So bewegen sie sich den ganzen Tag und bleiben gesund.«

»Tolle Idee«, murmelte Jenny beeindruckt und musste mit einem Anflug von Traurigkeit an die Pferde des Hoppenhofs denken, die immer nur in Boxen eingesperrt waren.

Joy setzte ihre Erklärung fort. »Außerdem haben wir auf den Paddocks verschiedene Bodenuntergründe, wie Naturboden, Schotter, Kies, Sand oder Gras. So laufen sich die Hufe optimal ab, denn alle unsere Pferde laufen natürlich ohne Eisen.«

»Natürlich«, stotterte Jenny, die sich langsam vorkam, als sei sie im siebten Pferdehimmel gelandet.

Joy machte in professionellem Ton weiter. »Alle Pferde bekommen 24 Stunden an verschiedenen Fressplätzen Heu ad libitum angeboten, das heißt, Heu zur freien Verfügung. Das ist wichtig, weil der Pferdemagen Fresspausen von mehr als vier Stunden nicht vertragen kann. Allerdings ist das Heu abgedeckt mit engmaschigen Heunetzen, damit sie sich nicht überfressen. Kraft- und Mineralfutter bekommen sie individuell dazu gefüttert – je nach Bedarf und Arbeitspensum. Und auch die Weidezeit im Sommer wird individuell danach bestimmt, wie viel Gras ein Pferd vertragen kann. Das kann von einer bis zu zwölf Stunden sein.«

Jenny verschlug es für einen Moment die Sprache angesichts Joys geballten Pferdewissens. »Mann, hast du ein wahnsinniges Glück, an so einem Ort zu leben«, brachte sie schließlich heraus.

Ein gequältes Grinsen erschien auf Joys Gesicht.

»Glück? Einerseits schon, aber andererseits ist es echte Knochenarbeit. Der Hof und die Bedürfnisse der Pferde kommen immer an erster Stelle. Du kannst nicht mal ausschlafen oder freimachen. Und die Paddock-Führung, die ich dir gerade gegeben habe, muss ich für Besucher schon an die tausend Mal gemacht haben.«

»Trotzdem – das wäre mein absoluter Traum, so mit Pferden zu leben«, beharrte Jenny.

Joy stieß sie in die Seite.

»Komm, ich zeig dir noch unsere jungen Stuten.«

Sie kamen an eine Weide am Rande der Anlage, auf der

fünf teilweise braun, teilweise schwarz gescheckte Schönheiten mit edlen Köpfen und langen Mähnen grasten.

»Das sind unsere Teenie-Girls. Alle noch roh. Aber bald kommen sie unter den Sattel«, erklärte ihr Joy.

Jenny hielt vor Entzücken den Atem an. Eine junge Paint Stute war wirklich schöner als die andere.

»Die drei mit den großen Farbflächen und dem Weiß über der Rückenlinie sind Tobiano-Schecken. Dann haben wir da noch zwei Overo-Scheckstuten – die eine da drüben ist eine Frame-Overo, mit den dunklen Beinen, dem dunklen Rücken und dem weißen Bauch. Die andere, die aussieht, als hätte sie jemand mit weißer Farbe bespritzt, ist eine seltene Splashed-White-Overo-Stute.«

Jenny konnte sich gar nicht richtig auf Joys fachmännische Erläuterung der verschiedenen Scheckzeichnungen konzentrieren.

»Darf ich?«, flüsterte sie und war schon unter dem Elektrozaun hindurchgeschlüpft, der die Weide begrenzte.

Die Pferde hoben sofort die Köpfe und spitzten aufmerksam die Ohren. Plötzlich löste sich eine Rappscheck-Stute mit lockiger weißer Mähne aus dem Verband und kam vertrauensvoll direkt auf sie zu.

Jenny hielt ihr die Hand zur ersten Kontaktaufnahme hin, doch die Stute ignorierte diese Geste und begann sofort, Jennifers Gesicht und Halsbeuge abzuschnobern und sie dann zärtlich mit den Lippen zu beknabbern.

Jenny musste lachen. Sie konnte sich der Liebkosungen der Stute kaum erwehren.

»Da hat sich jemand wohl auf den ersten Blick in dich

verliebt«, lachte nun auch Joy und rieb der Stute den Hals, die jedoch nur Augen für Jennifer hatte.

»So ein spontaner Vertrauensbeweis ist wirklich ungewöhnlich«, kommentierte sie. »Ich habe Harmony noch nie so auf jemanden reagieren sehen und ich kenne sie seit dem Tag ihrer Geburt.«

Jenny fühlte, wie ihr Herz sich im Kontakt mit der Stute weit geöffnet hatte und sie von einer Liebe und Freude durchflutet war, die sie so noch nie gespürt hatte.

Sie kraulte Harmony ausführlich und fand schnell die Stellen heraus, die der jungen Stute besonders angenehm waren – am Widerrist oder hinter den Ohren. Harmony zog vor Genuss eine lange Nase und reckte ihren Hals.

»Ich möchte eure Schmuseorgie nur ungern unterbrechen, aber es ist Zeit zum Abendessen, und Dad mag es nicht, wenn wir unpünktlich sind.«

Nur schwer konnte sich Jenny von ihrer neuen Freundin trennen.

»Meinst du, ich kann Harmony jeden Tag besuchen kommen?«, strahlte sie Joy an.

Joys Gesicht wurde mit einem Mal ernst. »Von mir aus gern. Aber pass auf, dass du nicht dein Herz verlierst. Die jungen Stuten hier sind alles Verkaufspferde.«

Für einen Moment fühlte Jenny einen scharfen Stich in der Brust. Doch dann schob sie den Gedanken, irgendjemand könnte Harmony kaufen, weit weg. Sie hatte ihr Herz bereits verloren. Die Stute und sie gehörten zusammen – das wusste sie in diesem Moment so genau wie nur irgendetwas auf der Welt.

Weil sie der einzige Gast war, durfte Jennifer das Abendessen mit der Familie Jones und den Mitarbeitern des Blue-Horse-Zentrums einnehmen. An einem langen Holztisch im Haupthaus wurden gegrillte Rippchen mit Ofenkartoffeln und frischem Salat serviert.

Joys Vater Ray Jones sah aus wie ein wortkarger Cowboy, von dem eine sehr beruhigende Ausstrahlung ausging. Jennifer konnte sich sofort vorstellen, dass er einen guten Draht zu Pferden hatte.

Als sie nach dem Essen auf der Veranda vor dem Haus saßen, sprach er Jenny zum ersten Mal direkt an. Er hatte zwar einen leichten amerikanischen Akzent, konnte aber sehr gut Deutsch.

»Joy hat mir von dir und Harmony erzählt.«

Dann schwieg er wieder, als erwarte er eine Antwort.

»Ich weiß auch nicht. Da war auf einmal diese Verbindung zwischen uns, als würden wir uns schon ein Leben lang kennen«, hörte Jenny sich zu ihrer Überraschung sagen.

Ray nickte. »Passiert nicht alle Tage.«

Damit schien das Thema für ihn erledigt.

Als sie am Abend Kassie die erste versprochene Nachricht schickte, kam es ihr so vor, als habe sie schon ihr ganzes Leben an diesem Ort verbracht. Gleichzeitig schien ihr Leben in Frankfurt so weit weg wie auf einem anderen Stern.

»Bin im 7. Himmel gelandet und habe mich unsterblich verliebt – in ein Pferd. J.«, war alles, was sie zustande brachte, bevor sie in einen tiefen Schlaf fiel.

Die Sprache der Pferde

Als Jenny am nächsten Morgen erwachte, brauchte sie ein paar Minuten, um sich zu erinnern, wo sie war. Als es ihr einfiel, sprang sie aus dem Bett und schlüpfte in die Reitsachen. Es war erst halb sieben, Frühstück gab es ab halb acht. Sie hatte eine ganze Stunde, um Harmony zu besuchen!

Fast rannte sie den Feldweg entlang, so sehr war sie erfüllt von der Vorfreude auf ein Wiedersehen mit der jungen Stute. Schon von Weitem sah sie die kleine Stutenherde, die dösend dicht beieinanderstand. Sie wusste, Pferde konnten auch im Stehen schlafen und mussten sich in 48 Stunden nur etwa ein oder zwei Stunden zum Schlafen hinlegen.

Einer Eingebung folgend, blieb Jennifer stehen, konzentrierte ihre Gedanken ganz auf Harmony und rief innerlich immer wieder lockend ihren Namen. Die Stute, die mit halb geschlossenen Augen abseits der Herde stand, hob plötzlich ruckartig ihren Kopf und schaute mit gespitzten Ohren in Jennys Richtung. Ihr Herz schlug schneller. Es funktionierte. Sie konnte in ihren Gedanken mit Harmony reden und es erreichte die Stute.

Harmony kam ihr nun entgegen, wobei sie tief und warm brummelte. Als Jennifer unter dem Elektrozaun hindurch auf die Weide schlüpfte, war die Stute bei ihr angelangt und blies Jennifer mit ihren Nüstern zärtlich ins Gesicht.

Jennifer begann, die Orte zu kraulen, die sie sich als Harmonys Lieblingsstellen gemerkt hatte, und wie am Tag zuvor reckte die Stute hingebungsvoll ihren Hals und verdrehte die Augen.

»Was für ein Schmusetier bist du«, flüsterte Jenny zärtlich, und als wolle sie ihr darauf antworten, ließ Harmony ein sanftes Schnauben hören.

Schnell fand sie heraus, dass sich die Stute überall von ihr anfassen ließ, selbst unter dem Bauch und an den Innenseiten der Hinterbeine.

Harmony hielt mucksmäuschenstill, während Jenny sie von vorn bis hinten und von oben bis unten streichelte, kraulte und massierte. Sie schien sich ihr vollkommen anzuvertrauen.

Plötzlich erhaschte Jenny einen Blick auf ihre Uhr. Es war schon fünf nach halb acht.

»Oh je, ich komme zu spät zum Frühstück.«

Sie strich Harmony über die Stirn.

»Ich komme dich wieder besuchen, sobald ich kann, meine Schöne.«

Die Stute stupste sie sanft mit der Nase an, als wolle sie sagen: Komm auch wirklich.

»Versprochen!«

Sie gab Harmony noch einen Kuss auf die Nase, schlüpfte unter dem Zaun hindurch und rannte den Feldweg zurück.

Als sie sich noch einmal umdrehte, sah sie, dass Harmony ihr aufmerksam hinterherguckte.

»Ich komme ganz bestimmt wieder«, schwor sie nochmals, dann rannte sie zum Gästehaus.

Als Jenny in den Frühstücksraum platzte, richteten sich sechs Augenpaare zugleich auf sie. Sie blieb wie angewurzelt stehen. Oje. Sie hatte ganz vergessen, dass der Kurs offiziell mit dem Frühstück begann. Und das hier mussten die anderen Kursteilnehmer sein!

Sie stotterte ein verlegenes »Guten Morgen!« und ging erst mal zum Buffet, um sich zu sammeln. Plötzlich wurde ihr bewusst, dass sie über und über mit Pferdehaaren bedeckt war, außerdem waren ihre Fingernägel vom Fellkraulen rabenschwarz.

Sie legte sich ein Brötchen mit etwas Butter und Marmelade auf den Teller und ging dann hinüber zu dem runden Tisch, an dem die anderen Kursteilnehmer schon beim Frühstück saßen.

Auf einen Blick erfasste sie, dass es noch ein Mädchen in ihrem Alter gab, das neben einer teuer gekleideten Frau saß. Daneben ein älteres Ehepaar, eine jüngere Frau, die sich ständig unsicher die Haare aus dem Gesicht strich, und ein kräftig gebauter Mann.

Neben dem Mädchen war noch ein Platz frei.

Jenny setzte sich und streckte ihr die Hand hin: »Hallo, ich bin Jennifer. Also Jenny.«

Das Mädchen, das schicke Reitkleidung trug, ignorierte ihre ausgestreckte Hand und musterte sie abschätzig von

Kopf bis Fuß. Dann ließ sie sich herab zu einem »Susanne. Auch mit eigenem Pferd hier?«.

Jenny fühlte sich plötzlich sehr klein.

»Ich dachte, es ging bei diesem Kurs einfach nur darum, die Sprache der Pferde zu lernen«, stotterte sie.

Der kräftige Mann, der wie ein Bodybuilder aussah, warf ein: »Also, ich bin hier, um meine Angst vor Pferden zu überwinden.« Und fügte mit einem scheuen Lächeln hinzu: »... auch wenn man mir es vielleicht nicht ansieht. Ich heiße übrigens Frank.«

Nun ergriff der ältere Mann das Wort. »Schreiber ist mein Name. Meine Frau und ich haben zwei widerspenstige Isländer zu Hause, Freya und Thor, und wir wollen lernen, ihnen zu zeigen, wie sie besser auf uns hören.«

Die jüngere, blonde Frau strich sich nervös die Haare aus dem Gesicht und sagte mit leiser Stimme: »Ich heiße Dagmar. Ich habe eine Reitbeteiligung an einem alten Wallach, und seine Besitzerin sagt, dass ich lernen muss, mich mehr durchzusetzen. Deshalb soll ich diesen Kurs machen.«

Widerstrebend ergriff nun auch die teuer gekleidete Frau, die sich als Einzige noch nicht vorgestellt hatte, das Wort: »Mein Name ist Irene von Hartenstein, ich begleite meine Tochter Susanne. Wir haben unsere beiden M-Pferde Pontiac und Promise dabei.«

»Man sollte doch an den Pferden vom Blue-Horse-Zentrum erst mal selber lernen, worum es geht«, konnte Jenny es sich nicht verkneifen, zu bemerken.

Herr und Frau Schreiber nickten zustimmend, doch Irene von Hartenstein hob nur eine Augenbraue. »Ich erwarte nicht, dass die Anwendung der vermittelten Techniken auf unsere beiden Leistungsträger Susanne irgendwelche Schwierigkeiten bereiten wird.«

»Lassen Sie uns eines gleich klarstellen: Es geht beim Natural Horsemanship nicht um irgendeine Technik, sondern um echte Kommunikation«, war die Stimme von Ray zu hören, der unbemerkt den Frühstücksraum betreten hatte.

Frau von Hartenstein errötete und setzte nach: »Nun ja, aber es gibt da sicher verschiedene Kompetenzlevel.«

»Und wir fangen hier alle bei null an.« Dann wandte er sich an die Runde. »Ich bin Ray, Ihr Trainer. Das neben mir ist meine Tochter Joy, die den Kurs mit ihrem Wallach Sugar begleiten und Ihnen immer mal wieder demonstrieren wird, wie gutes Horsemanship aussehen kann.«

Für einen kurzen Moment fing Jenny Joys Blick auf, die ihr verstohlen zulächelte. Gott sei Dank war sie dabei, denn diese Susanne und ihre Mutter schienen wirklich schwer erträglich zu sein.

»Sie haben sich ja offenbar schon miteinander bekannt gemacht, sodass es gleich losgehen kann. Joy zeigt Ihnen allen …«, hier schaute er zu Susanne und ihrer Mutter hinüber, »… nun Ihre Pferde. Nach dem Putzen treffen wir uns mit den Pferden am Knotenhalfter in der Halle. Sagen wir – in zwanzig Minuten.«

Dann drehte er sich auf dem Absatz um und verließ den Raum.

Jennifer hatte einen unruhigen Vollblut-Quarter-Mix namens Caruso zugeteilt bekommen. »Er ist nicht ganz einfach, aber wenn du sein Herz gewonnen hast, hast du einen Freund fürs Leben«, raunte Joy ihr zu, als sie den Teilnehmern ihre Pferde auf dem Paddock zeigte.

Susanne von Hartenstein stieg mit gerümpfter Nase über die herumliegenden Pferdeäpfel und zog dabei einen völlig verdreckten Schimmel hinter sich her.

Das Ehepaar Schreiber bekam zwei Haflinger zugeteilt und Dagmar eine ältere braune Traberstute.

Jenny musste lachen, als sie sah, dass der große Frank versuchte, ein kleines schwarzes Shetlandpony auf Abstand zu halten, und dabei peinlich bemüht war, dass der Führstrick sich nicht in seinen Beinen verhedderte.

Caruso zappelte beim Putzen nervös herum, aber Jennifer ließ sich davon nicht beeindrucken und führte mit ruhigen Bewegungen ihre Arbeit aus. Dabei sprach sie leise auf Caruso ein, dessen Ohren die ganze Zeit vor und zurück schnellten. Irgendwann schnaubte er schließlich ab und war danach merklich entspannter.

Als sie fertig waren, führte Jenny ihn am langen Seil hinüber zur Halle, und Caruso schritt ruhig neben ihr her.

»Erste Prüfung bestanden. Es gibt Leute, die schaffen es mit Caruso noch nicht mal bis hierhin«, lobte Ray sie, als sie die Halle betraten.

»Er ist gar nicht so schlimm«, antwortete Jenny. »Man muss ihm nur vermitteln, dass er sich sicher fühlen kann.«

Ray nickte. »Hast du Erfahrungen mit Horsemanship?«

Jenny senkte die Augen und murmelte: »Ich versuche nur, das Pferd zu verstehen. Was es jetzt gerade fühlt und was es von mir braucht. Das ist alles.«

»Das ist eigentlich wirklich schon alles, aber es gibt Leute, die kapieren es nie«, murmelte Ray und wandte sich zur Hallentür, wo Susanne von Hartenstein ihren schlecht geputzten Schimmel wie einen störrischen Esel hinter sich herzog. Ihre schönen, blanken Reitstiefel waren dreckverspritzt und ihr Gesicht hochrot vor Anstrengung.

»Bei euch beiden ist gerade relativ klar, wer das Alphatier ist«, rief Ray ihr grinsend entgegen.

Jenny konnte sich ein Lachen nicht verkneifen, das Bild war einfach urkomisch. Wenn Blicke töten könnten, wäre sie im nächsten Moment sicher umgefallen, so wütend funkelte ihr Susanne entgegen.

Nachdem auch die Schreibers mit den Haflingern und Dagmar mit ihrer Traberstute die Halle erreicht hatten, fehlten nur noch Frank und sein Shetty, das bezeichnenderweise Sharky hieß.

Gerade als Ray nach ihnen schauen wollte, trabte Sharky wiehernd und mit schleifendem Strick in die Halle, und Frank trottete im Sicherheitsabstand von einigen Metern hinterher. Die ganze Gruppe lachte, selbst Susanne. Nur Frau von Hartenstein, die, bewaffnet mit einer teuren Kamera, auf der Zuschauertribüne Platz genommen hatte, verzog keine Miene.

Nachdem Ray Sharky eingefangen und den Strick Frank wieder in die Hand gedrückt hatte, wandte er sich an alle.

»Die Kernfrage in der Kommunikation mit eurem Pferd ist: Wer bewegt wen? In der Herde bewegt immer das ranghöhere Tier das rangniedere, und zwar mit möglichst geringem Krafteinsatz. Wenn ich meinem Pferd mit kleinsten

Impulsen meiner Körpersprache vermitteln kann, zu weichen oder zu wenden, akzeptiert es mich als sein Leittier, fühlt sich sicher und lässt sich von mir vertrauensvoll führen. Das ist jedenfalls erst mal die Basis.«

Ray blickte in die Runde.

»Wenn ihr nun selber mit euren Pferden erste Führübungen macht, werdet ihr schnell verstehen, wovon ich rede. Ich schlage vor, dass jeder sein Pferd nun kreuz und quer am langen Seil durch die Halle führt, zwischendurch immer wieder mal anhält und rückwärts richtet. Macht dabei eine Bestandsaufnahme: Bin ich zu 100 % klar in meinen Absichten und Impulsen? Kommen sie zu 100 % beim Pferd an und setzt es sie ohne Zögern zu 100 % um? Wenn ich auf eine dieser Fragen nicht mit Ja antworten kann, gibt es für mich Arbeit zu tun. Aber deswegen seid ihr ja schließlich hier.«

Der Vormittag verging wie im Flug. Ray zeigte ihnen immer wieder neue Aufgaben und Übungen, die sie mit dem Pferd am Boden absolvieren konnten, wie das Weichenlassen der Vorder- und Hinterhand, das Vor-, Zurück- und Seitwärtstreten oder das Gehen im Kreis und durch enge Gassen – alles natürlich am durchhängenden Seil. Eigentlich keine schwierigen Übungen, die die Pferde des Blue-Horse-Zentrums sicher auch alle gut kannten, aber leichter gesagt als getan. Jedes Pferd schien sehr genau zu merken, ob die Person am anderen Ende des Seils wusste, was sie tat oder nicht. Aus den Augenwinkeln konnte Jenny beobachten, wie Dagmar ihre Traberstute noch nicht einmal zum Antreten bewegen konnte und die Haflinger der Schreibers scheinbar versteinerten, wenn es darum ging, in der Schulter zu weichen und ein Vorderbein über das andere zu setzen. Caruso reagierte dagegen auf jede kleinste Veränderung ihrer Körperhaltung, lange bevor Jennifer überhaupt merkte, dass sie dem Pferd damit etwas kommuniziert hatte.

Ray ging von Teilnehmer zu Teilnehmer und korrigierte, übernahm auch manchmal ein Pferd, um zu demonstrieren, wie die Übung aussehen konnte, wenn dem Pferd wirklich klar vermittelt wurde, was man von ihm wollte. Dann zeigte selbst Sharky die Bodenübungen in Vollendung.

Jenny arbeitete konzentriert weiter mit Caruso und langsam fanden sie zusammen. Der Wallach folgte ihren Impulsen immer leichter und feiner. Ab und zu schaute Ray bei ihnen vorbei und nickte anerkennend.

Schließlich bat er die anderen Teilnehmer, innezuhalten und Jennifers Arbeit mit Caruso zu betrachten.

»Ich möchte, dass ihr vor allem das Pferd beobachtet, wie es sich fühlt und wie es das zeigt.«

Die anderen stellten sich mit ihren Pferden entlang der Bande auf.

Jenny klopfte das Herz bis zum Hals. Doch sie wusste, dass sich ihre eigene Aufgeregtheit sofort auf das Pferd übertragen würde, und so nahm sie sich eine Minute, um ein paar Mal tief durchzuatmen. Sofort senkte auch Caruso den Kopf und schnaubte.

»Habt ihr das gesehen?«, hörte sie Ray die Gruppe fragen.

Jenny blendete die anderen aus, konzentrierte sich auf Caruso, gab einen kleinen Impuls am Seil und erhöhte leicht ihre Körperspannung. Schon trat Caruso bereitwillig an.

»Perfekte Kommunikation«, hörte sie Ray hinter ihrem Rücken kommentieren.

Nur mit leichten Wellenbewegungen des Seils und kleinen Körpergesten, vor allem aber mit ihrer klaren inneren Absicht, was sie von ihm wollte, kommunizierte Jenny mit Caruso. Sie lud ihn ein, am langen Seil zurückzutreten oder sich seitlich von ihr abzuwenden, sich mit der Hinterhand um seine Vorhand zu bewegen oder in einem engen Kreis um sie herumzugehen.

Immer, wenn er etwas gut gemacht hatte, lobte Jenny ihn ausgiebig, worauf er stets anfing, sich mit der Zunge das Maul zu lecken und abzukauen.

Als sie nach etwa fünf Minuten alle Übungen gezeigt hatten, die sie am Vormittag miteinander trainiert hatten, stand neben Jenny ein völlig entspannter und zufriedener Caruso. Das nervöse Pferd vom Morgen war nicht wiederzuerkennen.

»Und was soll daran jetzt so toll gewesen sein? Er hat halt gemacht, was sie wollte«, stichelte Susanne.

»Der Punkt ist nicht, was er gemacht hat, sondern wie er es gemacht hat«, antwortete ihr Ray mit einer Schärfe in der Stimme, die Jennifer noch nicht bei ihm gehört hatte.

»Mit Druck und Zwang kann ich fast jedes Pferd dazu bekommen, zu tun, was ich will. Aber ein Pferd, das sich aus Angst unterwirft, ist kein zufriedenes Pferd. Kein entspanntes Pferd. Kein Pferd, das sich darauf freut, mit mir zu arbeiten. Wenn es nicht irgendwann gebrochen ist, weil es sich einfach aufgibt, wird ein Angstpferd anfangen, sich zu wehren. Hier ein Schnappen. Da eine Widersetzlichkeit. Dafür bekommt es dann meistens nur noch mehr Druck. Und am Ende haben wir Pferde, die als unreitbar gelten und zum Schlachter gehen. Und wir, wir allein, haben sie dazu gemacht!«

Die Gruppe war mucksmäuschenstill.

»Auch Caruso war übrigens mal ein solches Pferd«, setzte Ray hinzu. Er wandte sich Jenny zu und lächelte sie an. »Gut gemacht, ihr zwei.«

Dann sprach er an die Runde der Teilnehmer gerichtet: »Ich denke, wir alle, inklusive der Pferde, haben uns die Mittagspause nun reichlich verdient. Danach geht es dann gleich weiter, wir haben Programm bis zum Abend.«

Jenny schluckte. Sie hatte doch Harmony versprochen, sie heute noch mal zu besuchen. Hoffentlich konnte sie dieses Versprechen halten.

Doch der weitere Tag war so randvoll, dass sie zwischendurch kaum Zeit hatte, auch nur einen Gedanken an Harmony zu fassen.

Nach dem Mittagessen gab es mit Joy und Sugar eine Freiarbeits-Demonstration im Roundpen – ein mit hohen Gittern begrenzter Sandplatz von etwa vierzehn Metern Durchmesser –, bei der Jennifer neidlos eingestehen musste, was für eine großartige Horsewoman Joy schon war. Auf fast unmerkliche Körpersignale von ihr wendete ihr hübscher braun-weißer Paint Wallach auf der Hinterhand, machte Full-Stops und sogar fliegende Galoppwechsel. Fast sah es aus, als ob die beiden miteinander tanzten. Zwischendurch kam er auf Joys Einladung hin immer wieder schnaubend zu ihr in die Mitte des Roundpens, um sich ein Kraulen abzuholen. Es war deutlich, dass ihm diese Form der Freiarbeit mindestens genau so viel Spaß machte wie seiner Besitzerin.

Um vier Uhr ging es weiter mit ein paar Theorie-Einheiten zu den Wurzeln des Natural Horsemanship, zur Psychologie der Herde sowie zur Psyche des Pferdes.

»Mann, das ist ja heftiger als Schule«, stöhnte Susanne.

Die Demonstration im Roundpen hatte auch sie beeindruckt – vielleicht, weil es ihr dämmerte, wie weit sie mit ihren »Leistungsträgern« von so einer harmonischen Beziehung wie zwischen Joy und Sugar entfernt war.

»Wenn die Schule so wäre, würde ich echt gern hingehen«, versuchte Jenny ein Versöhnungsangebot in Susannes Richtung.

Doch sie bekam nur ein arrogantes Schulterzucken zurück.

Dass Joy, die Tochter des Chefs, besser war als sie, konnte Susanne zur Not wohl akzeptieren, aber Rays Lob vom Morgen hatte sie Jennifer eindeutig nicht verziehen.

»Dann eben nicht«, dachte Jenny und wandte sich wieder ihren Unterlagen zu.

Nach dem Abendessen machten sie noch einen Spaziergang mit den Pferden am Knotenhalfter, wo alle versuchen sollten, nun im Gelände das anzuwenden, was sie am Vormittag in der Halle erarbeitet hatten.

Caruso hatte sich Jenny vollkommen angeschlossen und sie als sein Leittier akzeptiert, sodass ihn nichts aufregen oder stören konnte. Selbst als Sharky sich wieder einmal von Frank losriss und an allen Pferden vorbei Richtung Heimat galoppierte, blieb Caruso neben Jennifer ganz ruhig, während die anderen Teilnehmer große Mühe hatten, ihre Pferde am Hinterherlaufen zu hindern.

Es dämmerte schon, als sie Caruso endlich gefüttert und für die Nacht auf die Weide gebracht hatte. Jenny war todmüde, aber sie musste ihr Versprechen einfach noch halten.

Als sie sich im letzten Abendlicht der Stutenweide näherte, stand Harmony schon am Zaun und beobachtete den Weg, als habe sie auf Jennifer gewartet. Jenny schlüpfte unter dem Zaun hindurch und vergrub ihr Gesicht in Harmonys Mähne. Sie war unendlich glücklich und traurig zugleich.

Glücklich, weil sie spürte, dass ihre Verbindung zu Harmony etwas ganz Besonderes war. Und traurig, weil sie sich nicht ausmalen konnte, wie es weitergehen sollte, wenn sie beide am Ende ihres Urlaubs getrennt würden. Aber es musste weitergehen, irgendwie musste es weitergehen mit ihnen beiden.

Unverhoffte Überraschung

Jenny wurde vom Mitteilungssignal ihres Handys aus wilden Träumen gerissen: Susanne von Hartenstein wollte Harmony kaufen und sie als neue »Leistungsträgerin« irgendwo ausbilden lassen, wo nur mit Druckmitteln gearbeitet wurde. »Wir müssen das verhindern«, beschwor sie Joy, und die beiden beschlossen, Harmony zu entführen. Genau da drang das Handy-Piepsen in ihren Traum.

Jenny rieb sich verschlafen die Augen. Zwei Nachrichten waren eingegangen. Eine von Kassie: »Dein Bericht???«

Und eine von ihrer Mutter aus Italien: »Vermisse Dich schrecklich, mein Schatz. Geht's Dir gut? Kuss, Mama«.

Was fiel den beiden eigentlich ein, mitten in der Nacht irgendwelche Mitteilungen an sie zu verschicken?

Als Jenny die Uhrzeitanzeige des Handys sah, fuhr ihr der Schreck durch Mark und Bein. Viertel vor neun! Um halb neun hätte sie zum Pferdeputzen auf dem Paddock sein sollen, um neun begann der Kurs. Mist! Das hieß, wieder kein Waschen, dazu auch noch kein Frühstück und kein Harmony-Besuch.

Jennys Kehle schnürte sich zusammen, als sie sich vorstellte, wie Harmony am Zaun stand und vergeblich auf sie wartete.

»Jetzt fang bloß nicht an zu heulen«, schalt sie sich.

Und wenn sie einfach zu spät zum Kurs kam und stattdessen zu Harmony ging?

Beim Gedanken an Rays durchdringenden Blick begrub sie diese Idee sofort wieder. Okay, dann würde sie eben jetzt zum Paddock rennen, ein Schnellputzen einlegen und dann das Mittagessen ausfallen lassen, um Harmony zu besuchen. Halbwegs getröstet, schlüpfte sie in ihre Reitsachen und sprintete los.

Schon von Weitem sah sie, dass irgendetwas nicht stimmte. Betty, Ray und Joy standen mit einem apathisch wirkenden Caruso am Halfter in der Mitte des Paddocks.

Als sie atemlos angerannt kam, sagte Joy mit besorgtem Gesichtsausdruck: »Caruso lahmt. Er hat ein geschwollenes Vorderbein. Wahrscheinlich ein Einschuss.«

Betty zog gerade eine Spritze auf.

»Ich gebe ihm jetzt erst mal ein homöopathisches Mittel, was die Entzündung rausnimmt, und dann kommt er mit einem Arnikawickel in die Krankenbox. Mit ein bisschen Ruhe kriegen wir das schon wieder hin.«

»Was genau bedeutet eigentlich Einschuss?«, wandte Jenny sich an Joy.

»Eine bakterielle Entzündung«, antwortete stattdessen Betty. »Wahrscheinlich hat er heute Nacht von einem anderen Pferd der Herde einen Tritt bekommen.«

»Bist du Tierärztin?«, wunderte sich Jenny.

»Nein, aber Tierheilpraktikerin. Das hilft, wenn man so viele Pferde wie hier auf dem Hof zu versorgen hat.«

Betty führte den lahmenden Caruso vom Paddock.

»Und jetzt?«, wandte sich Jennifer ratlos an Ray.

Er rieb sein Kinn.

»Traust du dir zu, mit einem rohen Pferd zu arbeiten? Unsere Verkaufspferde bekommen alle eine Horsemanship-Grundausbildung, normalerweise durch Joy oder durch mich. Aber ich sehe nicht, wieso du das nicht unter meiner Anleitung hier im Kurs hinbekommen solltest.«

»Ich kann es versuchen«, stotterte Jenny verdattert.

Ray nickte Joy zu.

»Begleite Jennifer zur Weide. Wir sehen uns dann am Roundpen.«

Als sie den Feldweg entlanggingen, strahlte Joy sie an.

»Mein Dad hält große Stücke auf deine Horsemanship-Fähigkeiten.«

Jenny wurde rot.

»Ach, komm, ich bin ein blutiger Anfänger. Wenn ich an dich und Sugar denke … Bis ich dahin komme, werden noch Jahrzehnte vergehen.«

Joy schüttelte den Kopf.

»Weißt du, es gibt einen Teil des Horsemanships, den kann man lernen, und einen anderen Teil, den hat man, oder man hat ihn nicht.«

Sie hielt inne. »Du hast ihn, jedenfalls meint das mein Dad. Und der hat einen ziemlich guten Riecher. Für Pferde. Und für Menschen.«

Wieder spürte Jenny, dass sie errötete.

»Woher weißt du überhaupt, welches Pferd wir für mich holen sollen?«, versuchte sie das Thema zu wechseln.

Joy knuffte sie mit dem Ellenbogen in die Seite.

»Sag bloß, du ahnst es noch nicht.«

Plötzlich schmetterte ihnen ein lautes Wiehern entgegen.

Harmony stand mit hoch aufgerichtetem Kopf am Zaun und sah zu ihnen herüber, als wolle sie sagen: Da bist du ja endlich, ich habe schon auf dich gewartet.

»Du meinst … ich soll … ich darf …«, Jenny brachte keinen vernünftigen Satz zustande, so schnell überschlugen sich die Gedanken in ihrem Kopf.

Joy drückte ihr das Knotenhalfter in die Hand.

»Na los, nun hol schon deine Harmony …«

Harmony ließ sich problemlos von ihrer Herde trennen. Auch wenn die anderen Stuten ihr noch lange nachwieherten, folgte sie fröhlich den beiden Mädchen.

»Harmony ist unglaublich cool; du siehst ja, wie wenig es ihr ausmacht, die anderen zu verlassen. Trotzdem musst du jetzt sehr klar sein. Sie hat in ihrem Leben noch nicht viel mehr als im Sommer die Weiden und im Winter den Jungstutenpaddock gesehen«, ließ Joy sie wissen.

Als sie sich der Anlage mit ihren verschiedenen Gebäuden näherten, zeigte die Stute keinerlei Anzeichen von Nervosität. Mit hocherhobenem Kopf und gespitzten Ohren nahm sie alles auf, ein Ohr immer wieder Jennifer zugewandt, die mit leiser Stimme auf sie einredete.

Jenny lobte sie regelmäßig und strich über ihren Hals.

Das schien Harmony die nötige Sicherheit zu geben, all den neuen Eindrücken furchtlos zu begegnen.

Die anderen Teilnehmer hatten sich schon am Roundpen versammelt.

Als Jenny mit Harmony angekommen war, bedeutete ihr Ray, gleich mit der Stute einzutreten. »Wir beginnen mit Harmony und schauen mal, wie es läuft.«

Ray nahm Harmony das Knotenhalfter ab, worauf sie sofort lostrabte, um laut prustend und schnaubend den Roundpen zu erkunden.

Währenddessen wandte Ray sich an die Gruppe. »Der Roundpen ist zuallererst ein Ort, wo ihr die Beziehung zu eurem Pferd klären und verfeinern könnt. Hier zeigt sich die ungeschminkte Wahrheit, denn es gibt keine Halfter, Zügel oder Sättel, die sie überdecken könnten. Es gibt nur euch, das Pferd und eure Kommunikation.«

Er machte eine Pause und blickte zu Harmony herüber, die nun in die Knie ging, um sich im Sand des Roundpens zu wälzen.

»Gebt dem Pferd am Anfang Zeit, im Roundpen anzukommen und zu tun, was es tun muss, um sich wohlzufühlen. Damit habt ihr eine gute Basis für eure Arbeit geschaffen. Das gilt nicht nur für so junge Tiere wie Harmony, sondern für jedes Pferd auf jedem Ausbildungsstand. Pferde leben immer nur im Jetzt und jedes Mal im Roundpen kann für sie alles ganz neu sein. Ein Anhänger, der in der Nähe geparkt ist, eine Plane, die davor auf dem Boden liegt, oder ein Hund, der irgendwo durch die Gegend springt, kann für euer Pferd alles verändern.«

Harmony war inzwischen wieder aufgestanden und hatte sich den Sand abgeschüttelt. Als wollte sie Rays Worte illustrieren, wich sie plötzlich laut schnaubend vor einer Seite des Roundpens zurück, als befände sich dort etwas, was ihr in höchstem Maße gefährlich schien.

Ray winkte Jenny in den Roundpen. »Die Aufgabe von Jennifer ist es nun zuerst einmal, das Pferd im Roundpen vorwärtszubewegen. Das Pferd bewegen heißt, seine Gedanken zu bewegen. Wie tue ich das? Indem ich es dazu bringe, in die Richtung zu schauen und zu denken, in die es laufen soll.«

Er stellte sich auf Höhe von Harmonys linker Schulter und deutete mit seiner linken Hand ein paarmal nach vorn, als wolle er ihre Gedanken vorwärtsschicken. Dann schwenkte er das Seil gegen sein Bein. Und erstaunlicherweise bewegte die Stute sich vorwärts, während Ray in einigem Abstand neben ihr herlief.

»Wenn mein Pferd sich bewegt, bewege ich mich auch. Das ist ein ganz wichtiges Prinzip unserer Arbeit hier. Druck aufbauen und das Fluchttier Pferd im Roundpen vor sich hertreiben kann jeder. Das ist nicht schwer. Doch uns kommt es auf eine echte Kommunikation an, auf ein Miteinander in jedem Moment.«

Ray blieb stehen, und sofort stand auch Harmony und guckte ihn an, als wolle sie sagen: Was tun wir jetzt?

»Jetzt bist du dran«, bedeutete Ray Jennifer und drückte ihr das Seil in die Hand.

Jenny bemühte sich, das Gleiche zu tun, was sie Ray gerade hatte tun sehen. Sie stellte sich in einigem Abstand neben

Harmonys Schulter und versuchte, sie mit der Vorwärtsgeste ihrer Hand dazu zu bewegen anzutreten. Sie fühlte sich furchtbar unbeholfen. Als könne die Stute ihre Unsicherheit und Zweifel wahrnehmen, stand Harmony einfach nur da und sah sie fragend an, bewegte sich aber keinen Zentimeter.

»Das Schicken der Gedanken ist der erste Schritt. Wenn diese Kommunikation beim Pferd nicht ankommt, baut ihr innerlich etwas Körperspannung auf und gebt mit dem Seil einen kleinen Impuls. Doch übt nie Druck auf das Pferd aus. Ihr sollt es nur unangenehm für das Pferd machen, weiter stehen zu bleiben. Sobald es antritt, nehmt ihr die Spannung sofort weg und lobt. Nur so wird es verstehen, was ihr von ihm wollt.«

Jenny schwirrte der Kopf. Ihr wurde plötzlich bewusst, dass das, was bei Joy und Sugar so mühelos und spielerisch ausgesehen hatte, aus vielen kleinen Schritten und Impulsen sowie einem höchsten Maß an Körperbeherrschung und Konzentration bestand. Und vor allem aus sehr viel Erfahrung.

Sie bemühte sich umzusetzen, was Ray gerade erklärt hatte, aber es kam dabei nur ein fahriges Schlenkern des Seils heraus, das Harmony vollkommen ignorierte.

Jenny fing Susannes schadenfrohes Grinsen auf.

»Warte nur, bis du hier drinstehst«, dachte sie bei sich und konzentrierte sich wieder auf Harmony.

Gedanken schicken – Körperspannung aufbauen – Impuls mit dem Seil geben, wiederholte sie innerlich die Schritte und schwang energisch das Seil. Harmony machte einen erschrockenen Sprung zur Seite.

»Zu viel Druck«, kommentierte Ray scharf. »Du hast sie mit dem Seil überfallen!«

Jennifer wurde puterrot. Sie kam sich so ungeschickt und dumm vor wie noch nie in ihrem Leben.

Plötzlich schien sich Harmony daran zu erinnern, dass es ja an der einen Seite des Roundpens etwas furchtbar Schreckliches gab. Sie wendete abrupt nach innen und rannte Jennifer dabei fast um.

Instinktiv wollte Jenny sie mit dem Seil wieder in die Ecke zurücktreiben, aber Ray stoppte sie.

»Auch wenn wir nicht erkennen können, wovor das Pferd scheut, es gibt immer einen Grund. Und das müssen wir respektieren. Da wäre es ganz falsch, Druck aufzubauen – ganz im Gegenteil. Nimm den Druck raus, und mache es ihr so angenehm wie möglich, dort hinten vorbeizugehen, wo sie sich ängstigt. Sei innerlich bei ihr, sie ist wirklich besorgt über diese Ecke da. Nur so kannst du ihr vermitteln, dass es keinen Grund gibt, sich zu fürchten.«

Jenny wäre am liebsten im Boden versunken. Schon wieder machte sie ihrer geliebten Harmony zu viel Druck.

Die anderen Kursteilnehmer außer Susanne wirkten, als wollten sie sagen: Ich möchte jetzt nicht in deiner Haut stecken.

Jenny ließ Harmony antreten. Als die Stute sich wieder der gefürchteten Ecke näherte, versuchte Jennifer so entspannt wie möglich neben ihr herzulaufen. Und wirklich wagte sich die junge Stute nun näher an die »Gruselecke« heran.

»Lobe sie«, kam sofort die Ermahnung von Ray. »Sie hat gerade einen großen Schritt gemacht!«

Jenny spürte, wie ihr schon wieder das Blut in die Wangen schoss, und wäre am liebsten aus dem Roundpen gerannt. Sie war so konzentriert darauf gewesen, Rays Anweisung richtig umzusetzen, dass sie das Loben schlicht vergessen hatte.

Harmony lief nun immer flüssiger vorwärts und auch ihr Bogen um die gefürchtete Seite des Roundpens wurde immer kleiner. Doch Ray ließ nicht locker – mit Argusaugen bemerkte er jedes kleinste Detail und korrigierte Jennifer schonungslos.

Zu den anderen Teilnehmern gewandt bemerkte er: »Harmony ist noch ein unbeschriebenes Blatt und sie ist unglaublich offen. Alles, was ihr jetzt falsch vermittelt wird, braucht später viel Arbeit, um es wieder auszubügeln.«

Als Harmony schließlich einmal den ganzen Hufschlag umrundet hatte, ohne zu scheuen, schien Ray zufrieden. »Das reicht für den Anfang. Harmony hat ihre Sache wirklich sehr gut gemacht. Für die anderen Pferde geht es jetzt in der Halle weiter.«

Und zu Jenny gewandt: »Du kannst sie zurück auf die Weide bringen.«

Wie anders war der Weg zurück als der Hinweg! War Jenny vor einer knappen Stunde noch auf Wolke sieben geschwebt, dass sie mit ihrem Traumpferd arbeiten durfte, fühlte sie sich nun wie ein kompletter Versager. Hoffentlich hatte sie mit all ihren Grobheiten und Fehlern Harmony nicht geschadet. Und Ray total enttäuscht. Er dachte jetzt wahrscheinlich, dass er sich in ihr geirrt hatte und sie gar keine echte Begabung zum Horsemanship besaß.

Als spüre sie ihre düsteren Gedanken, stupste Harmony Jenny immer wieder mit der Nase an. Doch das machte alles nur noch schlimmer.

»Ich hab's versaut. Ich habe die größte Chance meines Lebens gründlich versaut«, sagte sie zu der Stute, und Tränen schossen ihr in die Augen. »Ich habe mich so blöd angestellt und einen Patzer nach dem anderen gemacht. Und dabei überhaupt nicht darauf geachtet, was du wirklich von mir brauchst.«

An der Koppel angekommen, ließ sie Harmony vom Halfter, und diese trabte fröhlich wiehernd auf die anderen Stuten zu, ohne sich noch einmal umzudrehen.

»Noch nicht mal Harmony mag mich mehr«, tönte es in ihrem Kopf.

Mit hängenden Schultern schlich Jenny in die Halle, wo sich die anderen Kursteilnehmer mit Ausnahme von Susanne von Hartenstein mittlerweile versammelt hatten. Ray hatte dort einen »Agility Parcours« aufgebaut: Flatterbandstraßen, Raschelplanen, quietschbunte Bälle, Wippen, Podeste, Wasserlachen und vieles mehr stand oder lag verteilt im hinteren Teil der Halle.

»An diesem Parcours könnt ihr testen, wie weit euer Pferd euch vertraut. Wie weit ihr ihm vermitteln könnt: Wenn ich als dein Leitpferd ruhig bleibe, hast auch du nichts zu befürchten. Führt das Pferd an die verschiedenen

Objekte heran, lasst es immer wieder den Kopf absenken, und bleibt selbst so entspannt wie möglich. So könnt ihr euer Pferd effektiv desensibilisieren …«

Ein Tumult am Eingang unterbrach Ray. Ein großer schwarzer Wallach drängte in die Halle und konnte von Susanne, die fluchend und ruckend an seinem Halfter hing, kaum in Schach gehalten werden. Sofort übertrug sich seine Nervosität auf die anderen Pferde, einschließlich der Haflinger, die nun ebenfalls ihre Führer nervös umtänzelten.

»Susanne, nun zeig Pontiac doch endlich, wer der Herr ist«, tönte die Stimme von Irene von Hartenstein von der Tribüne.

Susanne zog von irgendwoher eine Gerte und versuchte, den Wallach durch Schläge auf die Flanke zu disziplinieren.

Das mächtige Pferd riss plötzlich den Kopf hoch und stieg auf die Hinterhand, wobei es mit den Vorderbeinen in der Luft schlug. Susanne konnte gerade noch rechtzeitig zur Seite springen und sich über die Bande retten, sonst wäre sie von der Wucht der herunterkrachenden Vorhand getroffen worden. Der Wallach machte auf der Hinterhand kehrt und galoppierte wild buckelnd in die andere Ecke der Halle.

Während die Teilnehmer alle Hände voll zu tun hatten, ihre Pferde zu beruhigen, hatte Joy geistesgegenwärtig eine Abtrennung in der Mitte der Halle hochgezogen, sodass der Wallach nun allein im freien Teil der Halle stand.

Ray griff ein langes Seil und stieg ruhig über die Absperrung.

Jenny konnte spüren, dass von ihm eine starke Konzentration und Präsenz ausging. Er ging mit dem aufgerollten Seil in der Hand langsam auf den Wallach zu, der immer noch mit bebenden Flanken in seiner Ecke stand.

Als er sich bis auf einige Meter genähert hatte, sah Jennifer Ray die gleiche Handbewegung des »Gedankenschickens« machen, die er vorhin im Roundpen versucht hatte, ihr zu vermitteln.

Doch schon das schien zu viel für das angespannte Pferd, das sich explosionsartig buckelnd und galoppierend in Bewegung setzte. Ray ließ ihn laufen, bis er von allein schnaufend anhielt – nur um ihn mithilfe minimaler Körpergesten und Seilbewegungen wieder in Bewegung zu setzen. Das Spiel wiederholte sich einige Male. Und immer, wenn der Wallach versuchte, auszubrechen und eigenständig die Richtung zu wechseln, sprang ihm Ray blitzschnell in den Weg und riss dabei die Hand mit dem Seil hoch. Der Wallach machte dann sofort kehrt und drehte in die ursprüngliche Laufrichtung ab.

Nach einiger Zeit schien Pontiac sich etwas zu beruhigen, sein wilder Galopp hatte sich in Trab verwandelt. Doch Ray bestand weiter darauf, dass er sich jedes Mal, wenn er von sich aus anhalten wollte, wieder in Bewegung setzte.

Plötzlich ließ Ray das Seil sinken und blieb ruhig in der Mitte stehen. Der Wallach blieb ebenfalls stehen und schaute zu Ray herüber. Dann senkte er den Kopf und begann, zu lecken und zu kauen. Ray tat so, als interessiere ihn all das überhaupt nicht. Er drehte ihm den Rücken zu und ging langsam ein paar Schritte von ihm weg.

Jenny hielt den Atem an.

Und plötzlich setzte sich der mächtige Rappe ebenfalls in Bewegung und trottete mit abgesenktem Kopf wie ein Lämmchen hinter Ray her. Hinter seinem Rücken blieb er ruhig stehen. Ray wandte sich um und rieb den Kopf und Hals des Wallachs, der all das bereitwillig geschehen ließ.

Er nickte den Kursteilnehmern zu. »Diese Demo war zwar nicht geplant, aber vielleicht habt ihr ja etwas gelernt.«

Susanne von Hartenstein wandte sich plötzlich um und rannte aus der Halle. Jenny konnte sehen, dass sie weinte. Sie zögerte, doch nach einer Weile entschloss sie sich, Susanne zu suchen. Sie glaubte zu verstehen, wie traurig und beschämt sie sich jetzt fühlen musste.

Als sie in die Stallgasse einbog, in der sich die Paddockboxen für Gastpferde befanden, sah sie Susanne und ihre Mutter vor einem leer geräumten Schrank stehen.

»Bitte lass uns fahren. Ich will einfach nur weg«, heulte Susanne.

Irene von Hartenstein entgegnete ungerührt: »Nur weil du nicht in der Lage bist, dieses Pferd vom Steigen abzuhalten, mussten wir überhaupt hierherkommen. Ich hoffe also in deinem Interesse, dass du dir von diesem komischen Cowboy abgeguckt hast, wie das geht. Wenn der Gaul nur auf zwei Beinen läuft, bringt er nie rein, was wir in ihn investiert haben. Dann kann er gleich in die Wurst.«

Susanne schluchzte auf.

»Mama, kannst du nicht einfach mal still sein?«, entfuhr es ihr. »Bei dir geht es immer nur um Leistung. Was du investiert hast und was dabei für dich rauskommen soll.«

Susanne liefen die Tränen nun in Strömen über das Gesicht. »Nie geht es dir um die Pferde … oder um mich.«

Jenny wandte sich still ab. Susanne tat ihr plötzlich unendlich leid.

Schon seit einiger Zeit saß sie an Harmonys Koppel und beobachtete die Stute beim Grasen. Zwischendurch hob sie immer wieder ihren Kopf, als wollte Harmony sich versichern, dass Jenny noch da war.

In Jennifer arbeitete es wie wild. Nachdem sie gesehen hatte, wie Susanne mit ihrem Pferd umging, fühlte sie sich nicht mehr ganz so schlecht für das, was sie Harmony angetan hatte. Und Ray hatte ja recht, dass er so streng mit ihr war. Schließlich war Harmony ein junges Pferd, bei dem man viel falsch machen konnte.

Zuversicht floss in ihr Herz zurück. Ray hatte gewusst, was er tat, als er sie mit Harmony arbeiten ließ. Und beim Mittagessen würde sie ihm sagen, wie viel es ihr bedeutete, mit der Stute weiterzumachen.

Jenny schlüpfte unter dem Zaun hindurch auf die Koppel und Harmony kam gleich zu ihr herüber.

»Du hast das heute Morgen ganz toll gemacht. Ich bin so stolz auf dich«, flüsterte sie ihr zu und rieb ihr dabei den Hals. Harmony leckte sich mit der Zunge über die Lippen.

»Jetzt weiß ich, was das in der Pferdesprache heißt«, dachte Jenny bei sich. »Ich vertraue dir.«

Abschied für immer?

Als Jennifer den Speiseraum betrat, erzählte ihr Dagmar, dass Mutter und Tochter Hartenstein abgereist waren.

»Arme Susanne«, entfuhr es Jenny.

»Arme Susanne? Ich bin froh, dass sie weg sind. Die beiden haben sowieso nicht hierhergepasst.«

Jenny schüttelte den Kopf. »Gerade darum hätte es Susanne bestimmt ganz viel gebracht, zu lernen, mit ihrem Pferd anders umzugehen und zu kommunizieren.«

Frank ergriff das Wort. »Vielleicht war sie einfach noch nicht so weit, dass sie das sehen konnte. Oder wollte.«

»Susanne muss ihren eigenen Weg finden, und das dauert so lange, wie es dauert. Was sie hier gesehen hat, wird sie nicht vergessen. Sosehr sie es auch versuchen mag«, entgegnete Ray, der einen Stuhl heranzog und sich zur Runde an den Tisch setzte.

»Jetzt sind wir nur noch fünf. Gibt es irgendwelche Fragen zu dem, was ihr heute Vormittag gesehen habt?«

»Ich hätte da eine Frage«, druckste Jenny. Die anderen Kursteilnehmer sahen sie an.

Auf einmal kam sie sich blöd vor, aber sie hatte sich vorgenommen, Ray zu fragen, also würde sie es auch tun.

»Darf ich weiter mit Harmony arbeiten?«

»Hast Du von mir etwas Gegenteiliges gehört?«, erwiderte Ray ruhig.

»Nein, aber … ich habe heute Morgen so viele Fehler gemacht, und Harmony ist noch so ein junges Pferd, und da dachte ich, dass du vielleicht denkst, dass ich sie versaue, wenn ich so weitermache.«

Jennifer konnte die Tränen kaum zurückhalten.

»Es ist kein Problem, Fehler zu machen, solange man sie erkennt und korrigiert. Wenn ich das Gefühl hätte, du könntest bei Harmony irgendetwas irreparabel falsch machen, hätte ich sie dir sicher nicht gegeben.«

Jenny wäre Ray am liebsten um den Hals gefallen, doch er war schon beim nächsten Thema.

Die Tage vergingen wie im Flug. Seit Susanne und ihre Mutter abgereist waren, war die Stimmung im Kurs entspannt und fröhlich.

Jenny erarbeitete mit Harmony grundlegende Übungen am Führseil und im Roundpen, und es war eine Freude zu sehen, wie lernwillig und klug die junge Stute dabei war. Ray korrigierte Jenny nach wie vor bei jeder Kleinigkeit, doch sie hatte mittlerweile verstanden, dass er es tat, weil er ihr viel zutraute, nicht weil er sie für so schlecht hielt.

Auch die anderen Teilnehmer machten große Fortschritte in der Arbeit mit ihren Pferden. Die Haflinger ließen sich nun willig und aufmerksam von den Schreibers dirigieren, die Traberstute folgte flüssig Dagmars Impulsen, und auch Frank rang Sharky immer wieder eindrucksvolle Lektionen ab. Als sich die Kursteilnehmer am Vormittag des letzten Tages mit großem Hallo und vielen Umarmungen verabschiedeten, hatten alle das Gefühl, sich schon ewig zu kennen. Und einige wollten die neu gewonnene Vertrautheit offenbar nicht aufgeben. Jenny hörte, wie Dagmar mit Frank vereinbarte, dass man ja mal telefonieren oder sich treffen könnte, jetzt, wo Frank keine so große Angst mehr vor Pferden hatte.

Als sie es Joy erzählte, kicherte diese: »Ich glaube, sie ist ein bisschen in ihn verliebt.«

»Und er ein bisschen in sie«, grinste Jenny zurück.

Sie war froh, dass sie nun noch drei ruhige Tage hatte, bevor ihr Vater sie abholen kommen würde. Tage, in denen sie ganz viel Zeit mit Harmony verbringen wollte.

Nachdem alle abgereist waren, bat Betty Jenny zu ihrer Verwunderung in das Büro. Jennifer betrat den Raum zum ersten Mal, der mit vielen Fotos und Auszeichnungen der auf Blue Horse gezüchteten Paints dekoriert war.

Betty bot ihr einen Platz an.

»Weißt du eigentlich, dass Harmony eine Abkürzung für Golden Harvest Ceremony ist? Bei Quarter und Paint Horses sollte der Name einen Rückschluss auf beide Eltern ziehen lassen. Weil die Pferdenamen dadurch natürlich ellenlang werden, haben wir bei Harmony einfach ein paar Silben zusammengezogen. Har- von Harvest und -mony von Ceremony.«

Jenny nickte nervös. Betty hatte sie bestimmt nicht hereingebeten, um über Harmonys Namen zu reden.

»Ray hat mir erzählt, dass du im Kurs mit Harmony sehr gute Arbeit geleistet hast«, fuhr sie fort.

Jenny entspannte sich etwas. »Das ist nicht schwer, denn Harmony ist unglaublich aufmerksam und intelligent. Sie will ständig etwas Neues dazulernen und merkt sich alles, was man ihr zeigt, schon nach einem Mal.«

Sie senkte den Kopf und fügte dann schnell hinzu: »Und vielleicht lernt sie auch deswegen so gut, weil wir irgendwie eine besondere Verbindung haben.«

»Genau darüber wollte ich mit dir reden«, nickte Betty. »Ich will ganz ehrlich sein. Ich weiß nicht, ob es so eine gute Idee gewesen ist, dir Harmony als Kurspferd zu geben. Nicht um ihretwillen – ich bin sicher, kein anderer hätte sie besser trainieren können als du. Aber um deinetwillen …«

Jennifer erschrak. Sie ahnte, was nun kommen würde.

»Du hast dein Herz an die Stute verloren, das sieht ein Blinder. Doch wie soll das weitergehen? Du fährst in drei Tagen zurück nach Hause. Harmony bleibt. Und was hinzukommt: Harmony ist ein Verkaufspferd. Es kann sein, dass sie schon in ein, zwei Wochen oder Monaten jemand ganz anderem gehören wird.«

Was Jenny in den letzten zehn Tagen immer wieder innerlich beiseitegeschoben hatte, traf sie nun mit voller Wucht.

»Ich … ich meine, ich dachte … wir könnten sie ja kaufen«, stotterte sie, doch sie hörte selbst, wie wenig überzeugend das klang.

Betty blickte sie voller Mitgefühl an.

»Eine Sache ist es, wenn dein Vater oder deine Mutter dir ein eigenes Reitpferd kaufen wollen. Doch ein Pferd von Harmonys Kaliber, mit erstklassigen Papieren, kostet selbst im rohen Zustand leicht 8 000 Euro. Nicht zu vergessen den Unterhalt, der bei jedem Pferd Hunderte von Euro im Monat kostet. Wären deine Eltern bereit, so viel Geld auszugeben?«

Verzweiflung stieg in Jenny hoch.

»Aber kann ich nicht wenigstens in den drei Tagen, in denen ich noch hier bin, weiter mit ihr arbeiten?«

Betty schüttelte langsam den Kopf.

»Ich habe lange darüber nachgedacht und halte das für keine gute Idee. Der Schmerz wird nur umso größer sein, wenn du dann abreist und Harmony unter Umständen nie mehr wiedersehen wirst.«

Jetzt gab es für die Tränen kein Halten mehr. Jenny hatte das Gefühl, als risse ihr jemand das Herz aus der Brust.

Betty kam zu ihr, um sie zu trösten, doch Jenny rannte aus dem Raum, rannte aus dem Haus und schlug, ohne darüber nachzudenken, den Feldweg ein, den sie in den letzten zehn Tagen so oft entlanggegangen war.

Als sie zu der Stutenkoppel kam, sah sie zu ihrem Entsetzen, dass sie leer war. Das war zu viel. Jennifer schmiss sich auf den Boden und ihr ganzer Körper wurde von Weinkrämpfen geschüttelt. Ohne Harmony konnte sie sich ein Leben nicht vorstellen.

Nach einiger Zeit spürte sie eine leichte Berührung an ihrem Rücken. Es war Joy, und ohne weiter darüber nachzudenken, fiel sie der Freundin um den Hals. Langsam ebbte ihr Weinen ab.

Joy strich ihr sanft über den Kopf, als sei Jenny ein Pferd, das sie beruhigen wollte.

»Dad hat entgegen Mamas Willen bestimmt, dass du mit Harmony arbeitest, und weil er so ein Dickschädel ist, setzt er sich meistens durch«, sagte sie leise zu Jennifer.

Jennys Augen waren vom Weinen ganz geschwollen, als sie Joy nun ansah. »Und du, was denkst du?«

»Du und Harmony gehört unbedingt zusammen. So wie ich und Sugar. Alles andere macht einfach keinen Sinn.«

Jenny drückte dankbar ihre Hand.

»Aber wie wir das hinkriegen, weiß ich auch noch nicht«, fügte Joy schulterzuckend hinzu.

»Könnt ihr mich nicht adoptieren? Ich könnte hier zur Schule gehen und nachmittags als Stallmädchen arbeiten. Hier gibt es doch wirklich genug zu tun.«

Joy lächelte. »Fände ich toll, dich als Adoptivschwester zu bekommen. Aber meinst du wirklich, dass deine Eltern dich gehen lassen?«

Jenny zuckte mit den Schultern.

»Mama ist mit ihrer Redaktion verheiratet und mit Papa spreche ich die meiste Zeit sowieso nur am Handy. Da ist es doch egal, wo ich wohne.«

Joy klopfte ihr auf die Schulter.

»Komm, lass uns zurückgehen. Uns fällt schon was ein.«

»Und die Pferde?«, warf Jenny ein. »Wo ist Harmony?«

»Dad hat alle jungen Stuten runter auf einen Paddock geholt. Er will morgen anfangen, mit ihnen zu arbeiten, damit sie angeritten verkauft werden können.«

Die nächsten drei Tage vergingen wie Blei. Jenny saß meistens hinter der Bande und sah Ray zu, wie er nacheinander die einzelnen Jungstuten in die Halle holte und mit ihnen genau die Grundtechniken am Seil einübte, die Jennifer im Kurs mit Harmony erarbeitet hatte.

Ab und zu ging sie in der Nähe des Paddocks vorbei, auf dem Harmony nun stand, und sah sie von ferne. Sie wusste, dass auch die Stute sie wahrnahm; ihr Kopf hob sich, und sie guckte mit gespitzten Ohren in Jennifers Richtung.

Jenny wandte ihr dann schnell den Rücken zu. Sie hatte das Gefühl, wenn sie sich Harmony näherte und die Stute ihr vertrauensvolles Brummeln von sich geben würde, könnte sie sich nicht mehr zusammenreißen.

Sie schickte eine lange Nachricht an Kassie. Doch als diese ihr zurückschrieb: »Jenny, tut mir echt leid. Lass den Kopf bitte nicht hängen. Du wirst ganz sicher irgendwann ein anderes Pferd finden, mit dem du dich genauso gut verstehst«, spürte Jenny, dass sie mit ihrer tiefen Verzweiflung ganz allein war.

Nur Joy konnte sie verstehen. Doch mit jedem Tag, der verstrich, wurde ihnen bewusst, dass es keine Lösung gab. Jenny würde bald schon in ihr altes Leben zurückkehren und Harmony einen neuen Besitzer finden. Und es gab nichts, was sie dagegen tun konnten.

Als Klaus Burkhard im Zentrum ankam, um seine Tochter abzuholen, erschrak er.

»Jenny, was ist los? Du siehst ja ganz krank aus. Ich dachte, ich hätte dir deinen Traumurlaub geschenkt.«

Jennifer fiel ihrem Vater wortlos in die Arme. Die Tränen, die sie drei Tage lang mit eisernem Willen zurückgehalten hatte, entluden sich wie ein Sturzbach. Irgendwann fühlte sich Jenny, als sei kein einziger Tropfen mehr in ihr. Leer geweint und irgendwie leblos.

Sie murmelte leise: »Ich gehe meine Sachen holen«, und wandte sich ab.

Als sie mit ihrer gepackten Tasche wieder aus dem Gästehaus trat, beobachtete sie, wie ihr Vater und Ray auf der Veranda des Haupthauses saßen und mit einander sprachen.

Joy trat hinter sie.

»Willst du dich denn nicht wenigstens von ihr verabschieden?«

Jenny schüttelte stumm den Kopf.

»Komm«, sagte Joy einfach nur und zog sie mit sich.

Als sie sich dem Paddock näherten, fraßen die Stuten gerade am Heu. Harmony bemerkte Jenny, wandte ihr den Kopf zu, blieb aber stehen. Es war, als spürte die Stute, dass irgendetwas anders war, und wartete ab, was Jenny ihr signalisieren würde.

Beim Anblick von Harmony öffnete sich Jennifers Herz plötzlich so weit, wie sie es nie zuvor erlebt hatte, und sie wurde durchflutet von einem Strom tiefer Liebe.

Sie machte einen Schritt auf Harmony zu, und im selben Moment begann auch die Stute, ihr entgegenzukommen. Als sie sich auf der Mitte des Paddocks trafen, lehnte Harmony sanft ihre Stirn an Jennifers Brust, als wolle sie sagen: Wir werden immer verbunden sein, egal was kommt.

Still verharrten sie für eine gefühlte Ewigkeit in dieser Haltung. Auf merkwürdige Weise fühlte Jenny sich getröstet.

Sie strich noch einmal über Harmonys schöne Stirn und die Stute berührte mit ihren Nüstern sanft Jennifers Gesicht.

»Ich liebe dich und werde dich immer lieben«, flüsterte Jenny ihr zu. Dann wandte sie sich ab und ging davon, ohne sich noch einmal umzudrehen.

Als sie bei Joy angelangt war, drückte sie ihre Hand. »Danke, dass du mich noch mal hierhergebracht hast.«

Sie war froh, dass ihr Vater keine Fragen stellte. Den Großteil der Rückfahrt verbrachten sie schweigend.

Lena Burkhard hatte die Reportagereise noch um eine Woche verlängern müssen, sodass Jenny erst mal bei ihrem Vater bleiben sollte. Kurz bevor sie seine Wohnung erreichten, bemerkte er: »Ray Jones hat mir von dir und diesem Pferd erzählt. Dass es etwas ganz Besonderes mit euch war.«

Jenny spürte, wie die Tränen sofort wieder in ihr aufstiegen, wenn sie auch nur an Harmony dachte. Sie schüttelte den Kopf.

»Ich will nicht darüber reden.«

»In Ordnung.« Die Stimme des Vaters klang fast erleichtert.

Am nächsten Morgen beim Frühstück fiel ihr auf, dass der Vater merkwürdig befangen war. Schließlich begann Klaus Burkhard herumzudrucksen: »Du, Jenny, ich muss dir auch was sagen. Vielleicht ist das jetzt nicht der beste Zeitpunkt, aber irgendwann musst du es ja mal erfahren.«

Jenny stand nicht der Sinn nach irgendwelchen Enthüllungen, sie wollte einfach nur in Ruhe gelassen werden. Sie schaute den Vater desinteressiert an.

»Da gibt es jemanden, der mir sehr am Herzen liegt. Ihr Name ist Linda. Ich fände es schön, wenn ihr euch irgendwann mal kennenlernen würdet.«

Nachdem er die Worte ausgesprochen hatte, sah ihr Vater merklich erleichtert aus.

Es dauerte eine Weile, ehe Jenny die Informationen in ihrem Kopf zusammengesetzt hatte.

»Du meinst, du hast so was wie eine Freundin?«

»Linda und ich sind schon eine Weile zusammen. Sie ist auch Reiterin, hat eigene Pferde. Vielleicht kannst du ja eins ihrer Pferde reiten? Ich könnte sie fragen.«

Als er Jennys entsetzten Gesichtsausdruck sah, schob er schnell hinterher: »Also nicht, dass es dasselbe wäre wie mit diesem Pferd, was du da kennengelernt hast. Aber ist vielleicht besser, als immer nur zum Hoppenhof zu gehen, oder?«

Das Gesicht ihres Vaters hatte jetzt einen hilflosen Ausdruck.

Für einen Moment war Jennifer fast gerührt, wie er versuchte, sie zu trösten. Doch dann gewann die bleierne Leere, die sie seit Tagen ausfüllte, wieder die Oberhand.

»Lass gut sein, Papa. Ich will einfach nur meine Ruhe, okay?«

Die nächsten Tage ging Klaus Burkhard schweigend ins Büro und Jennifer zurück ins Bett. Sie verbrachte die Zeit damit, stundenlang fernzusehen oder sich mit Musik zu berieseln. Wenn sie Hunger hatte, schmierte sie sich irgendein Brot und ging damit wieder ins Bett.

Tagsüber rief ihr Vater öfter an, um zu hören, wie es ihr ging. Doch meistens drückte sie das Gespräch weg oder antwortete nur einsilbig. Abends wollte er sie gern zum Essen oder ins Kino ausführen, aber als er kam, war Jenny immer noch im Schlafanzug und weigerte sich, irgendwelche Anstalten zu machen, sich zu waschen oder gar anzuziehen.

Mit jedem Tag wirkte Klaus Burkhard ratloser.

Am Vormittag des fünften Tages klingelte es an der Tür. Jenny versuchte zuerst, es zu überhören, aber irgendjemand wollte sich einfach nicht abwimmeln lassen.

Schließlich schlurfte sie zur Tür und öffnete.

Ihre Mutter stand dort mit einem Koffer.

Doch noch nicht mal das entlockte ihr mehr als: »Was willst du denn schon hier?«

Lena Burkhard trat ein und umarmte Jennifer, die wie eine Puppe in ihrem Arm hing.

»Jenny, was ist los? Papa macht sich große Sorgen um dich, deswegen bin ich extra früher aus Italien zurückgekommen.«

Jenny zuckte mit den Schultern. Sie fühlte sich innerlich so gefühllos und leer, dass sie keine Antwort auf die Frage ihrer Mutter wusste.

»Komm, wir fahren jetzt erst mal nach Hause, und dann reden wir über alles.«

Lena Burkhard schob sie in ihr Zimmer, um ihre Sachen zusammenzupacken.

»Es gibt nichts zu reden, Mama.«

»Jennifer, glaub mir, es gibt für jedes Problem eine Lösung. Man muss sie nur finden.«

Jenny lächelte matt. »Hast du im Lotto gewonnen?«

Die Mutter ignorierte ihre Antwort, schmiss Jennifers Sachen in eine Tasche und schob sie im Schlafanzug zur Tür heraus.

Ihr Familienarzt Dr. Kopp, der gleich am nächsten Tag zu einem Hausbesuch gerufen wurde, verschrieb ihr nach einer gründlichen Untersuchung ein paar B-Vitamine zur Stärkung der Nerven.

»Organisch fehlt ihr nichts«, ließ er Lena Burkhard wissen. »Die Pubertät ist eben eine schwierige Übergangszeit. Da können sie wegen einer Kleinigkeit schon mal zu Tode betrübt sein. Aber das legt sich wieder.«

Doch nichts legte sich. Jenny sprach kaum, aß kaum etwas, wusch sich nicht und zog sich nicht an.

Als sie wieder einmal erst gegen Mittag im Schlafanzug in die Küche geschlurft kam, betrachtete ihre Mutter sie ernst. »Wie geht es dir heute?«

Jennifer zuckte gleichgültig mit den Schultern und setzte sich an den Küchentisch, ohne zu antworten.

»Jenny, ich habe mit einer befreundeten Psychologin geredet. Ich möchte, dass du dich mal mit ihr unterhältst.«

Wieder zuckte Jenny mit den Schultern. Zu mehr war sie einfach nicht in der Lage.

»Hast du mich verstanden?«, beharrte ihre Mutter.

»Es ist nichts«, erwiderte sie.

»Es ist nichts? Es ist eine ganze Menge! Du fällst vor meinen Augen in eine tiefe Depression und ich komme nicht an dich ran. Ich komme einfach nicht an dich ran!«

Jenny spürte in der Stimme der Mutter echte Angst und Verzweiflung. Für einen Moment riss der wattegraue Nebel auf, in dem sie nun schon seit fast zwei Wochen gefangen war.

»Ich weiß nicht, was mit mir los ist. Mir ist einfach alles egal«, entfuhr es ihr.

»Und es hat mit diesem Pferd zu tun?«, nutzte Lena Burkhard die Chance, mit Jennifer in ein Gespräch zu kommen. »Papa hat mir davon erzählt.«

Der Herzensschmerz, den sie die ganze Zeit von sich ferngehalten hatte, war plötzlich wieder da – so stark und übermächtig, dass er Jenny fast den Boden unter den Füßen wegriss. Als sei ein Staudamm gebrochen, sprudelten die Worte plötzlich aus ihr heraus.

»Harmony ist mehr als nur ein Pferd. Sie ist wie meine andere Hälfte. Als hätten wir immer schon zusammengehört und uns jetzt wiedergefunden. Ohne sie macht mein Leben einfach keinen Sinn.«

Als sie das Erschrecken in den Augen ihrer Mutter bemerkte, beeilte sie sich zu sagen: »Ich will mich nicht umbringen oder so.« Und fügte leise hinzu: »Ich weiß nur nicht, wie ich ohne Harmony weiterleben kann.«

Für einen Moment war es vollkommen still, man hörte nur das Ticken der alten Küchenuhr vom Flohmarkt. Dann nahm ihre Mutter Jennifer fest in den Arm und begann, zu sprechen.

»Ich muss das nicht verstehen können. Aber ich weiß, dass schon einmal jemand in unserer Familie daran zerbrochen ist, dass er von seinen geliebten Pferden getrennt wurde. Und ich will nicht, dass das noch einmal passiert.«

Sie blickte Jennifer fest in die Augen.

»Hör zu. Es kann sein, dass ich aufgrund der Reportage, die ich gerade abgeschlossen habe, eine Beförderung angeboten bekomme. Damit würde sich unsere finanzielle Situation erheblich verbessern. Irgendwie kriegen wir deine Stute schon durch. Wenn Papa zustimmt, den Kaufpreis für das Pferd zu finanzieren, dann soll sie dir gehören.«

Jenny brauchte etwas Zeit, um zu verstehen, was ihre Mutter da gerade gesagt hatte.

»Ihr wollt mir Harmony kaufen?«, fragte sie ungläubig.

»Gib mir drei Tage, um mit deinem Vater über eine Finanzierung zu sprechen und die Entscheidung in der Redaktion abzuwarten.«

Schon nach zwei Tagen, in denen sich Jennifers Zustand zusehends besserte, stand fest, dass die Mutter tatsächlich den Job als stellvertretende Chefredakteurin bekommen und ihr Vater ein paar Wertpapiere gewinnbringend verkaufen würde. Dem Kauf und Unterhalt von Harmony stand nichts mehr entgegen.

Jennys Herz klopfte bis zum Hals, als sie Joys Handynummer aus ihrem Adressbuch aufrief. Nach endlos langem Klingeln ging sie schließlich dran.

»Jenny, wie schön, von dir zu hören«, klang Joys freudige Stimme durchs Telefon. »Ich hatte mir schon Sorgen gemacht, weil so gar nichts mehr von dir gekommen ist. Wie geht's dir? Was machst du?«

»Joy. Ich bekomme Harmony. Hörst du? Meine Eltern wollen mir echt Harmony kaufen!«

Am anderen Ende der Leitung wurde es plötzlich still.

»Joy, hast du gehört? Harmony wird mein Pferd!«, rief Jennifer ins Telefon.

»Jenny.«

Der Klang von Joys Stimme hatte sich plötzlich verändert.

»Jenny. Harmony ist schon verkauft.«

»Nein«, flüsterte Jenny. »Das kann nicht sein. Sie ist mein Pferd. Wir gehören zusammen.«

»Eine Frau war vor ein paar Tagen hier und hat die jungen Stuten angeschaut. Sie hat sich für Harmony entschieden.«

Jenny hatte das Gefühl, als müsse sie in Ohnmacht fallen.

»Sie bleibt noch für drei Monate zur Ausbildung«, fügte Joy hinzu, als ob das irgendeinen Unterschied machte.

Ohne ein weiteres Wort zu sagen, legte Jenny auf.

Das war das Ende.

Eine zweite Chance

»Wir haben alles versucht, um dir diesen Traum zu erfüllen, Jennifer. Aber es hat anscheinend nicht sein sollen.«

Selten hatte sie ihren Vater so ernst gesehen. Jennifer nickte mechanisch. Sie konnte ihren Eltern nichts vorwerfen. Niemand hatte Schuld daran, wie alles gekommen war. Es hatte vielleicht wirklich nicht sein sollen.

»Du musst jetzt versuchen, in dein normales Leben zurückzufinden. Es sind doch noch zwei Wochen Ferien. Triff dich mal mit Kassie. Oder geh zum Hoppenhof.«

Jenny nahm sich vor, ihren Eltern nicht noch mehr Sorgen zu bereiten. Es war nicht fair. Sie hatten schließlich ihr Bestes getan.

Sie versuchte, ein tapferes Gesicht aufzusetzen. »Es wird schon irgendwie gehen.«

Klaus Burkhard seufzte erleichtert auf und nahm sie in die Arme.

»Irgendwie geht es immer weiter, Jenny. Auch wenn man manchmal nicht den nächsten Schritt sieht.«

»Ist okay, Papa. Ich komm da schon durch.« Jenny fing

den zweifelnden Blick ihrer Mutter auf. »Alles gut, Mama. Echt.«

Jennifer fühlte sich seit der Nachricht von Harmonys Verkauf, als sei sie in zwei Teile zerfallen. Ein Teil, der sich mit großer Willensanstrengung bemühte, allen die normale Jenny vorzuspielen. Und ein anderer Teil, der sich einfach irgendwohin verabschiedet hatte.

Sie hatte gerade das Fahrrad aus der Garage geholt, um sich mit Kassie an der Eisdiele zu treffen, als ihr Handy das Signal für eine eingehende Nachricht gab. Schon wieder Joy!

Sie las: »Jenny, ich muss dringend mit dir reden. Es ist wichtig!!! Ruf mich bitte zurück.«

»Sorry, Joy«, sagte sie leise und löschte die Nachricht.

Je mehr sie die Erinnerung an die letzten vier Wochen aus ihrem Gedächtnis verbannte, desto besser konnte sie so tun, als sei nichts geschehen. Und das war ja jetzt von ihr verlangt.

»Gehst du gar nicht mehr zu den Pferden?«, fragte Kassie sie bei einem ihrer nächsten Treffen. »Ich finde es natürlich toll, dass wir jetzt so viel zusammen machen«, schob sie grinsend hinterher, »aber irgendwie kommt mir das richtig komisch vor, dass du nicht mehr ständig von Pferden sprichst oder an Pferde denkst.«

Dabei musterte sie die Freundin halb fragend, halb besorgt.

»Wo ist das Problem?«, gab Jenny zurück.

»Das Problem ist … du bist so … normal geworden«, versuchte Kassie ihr Unbehagen auszudrücken.

»Und? Sind andere doch auch«, zuckte Jennifer mit den Schultern.

Sie hatte Frau Hecker eine Nachricht auf den Anrufbeantworter gesprochen, dass sie lange krank gewesen war und jetzt im neuen Schuljahr viel für die Schule tun musste. Und deswegen erst mal nicht mehr zum Hoppenhof kommen konnte. Frau Hecker hatte zurückgerufen und gesagt, wie leid es ihr tue und dass Jennifer jederzeit wieder willkommen sei, wenn die Schule es erlaube. Jenny hatte gesagt, das wolle sie tun. Aber innerlich wusste sie, dass dieser Weg zu Ende war.

Auch Joy hatte irgendwann aufgehört, ihr Nachrichten zu schicken. Umso besser.

Noch vier Tage, bevor das neue Schuljahr begann. Der Wechsel in die achte Klasse und die erhöhten Anforderungen, die er mit sich brachte, würden schon Ihren Teil dazu beitragen, Jennifer dabei zu helfen, zu vergessen.

Sie hatte gerade ihre Badetasche geschultert, um sich mit Kassie und ein paar anderen Mädchen aus ihrer Klasse im Freibad zu treffen, als ihr der Postbote begegnete.

»Brief für dich«, grinste er und drückte Jenny ein längliches Kuvert in die Hand, das handschriftlich an sie adressiert war. Der Absender war eine Martina Bodenstein.

Den Namen kannte sie nicht. Sie wollte den Brief schon in ihre Badetasche stopfen, als eine innere Stimme ihr gebot, den Umschlag zu öffnen und den Brief zu lesen.

Jenny hockte sich auf das Mäuerchen neben der Garageneinfahrt.

Liebe Jennifer.
Du wunderst Dich wahrscheinlich, von einer unbekannten Frau Post zu bekommen, aber Du bist mir bekannter als ich Dir. Deine Freundin Joy hat mir viel über Dich erzählt, und was für eine ganz besondere Beziehung Du zu Harmony hast – und Harmony zu Dir.
Ich habe Harmony vor etwa drei Wochen gekauft, weil sie ein sehr schönes und offenbar auch intelligentes Pferd ist. Es ist erstaunlich, wie viel sie in der Arbeit mit dir schon gelernt hat, und das rechne ich allein Eurer tiefen Bindung zu. Wenn ich ganz ehrlich bin, dann weiß ich in meinem Herzen, dass ich so eine Beziehung zu dem Pferd niemals aufbauen werde. Das scheint wirklich etwas ganz Besonderes mit Euch beiden zu sein.
Nach allem, was ich von Joy gehört habe – und glaube mir, ich habe VIEL gehört –, ist in mir die Überzeugung gewachsen, dass Du und Harmony zusammengehören, und dem will ich nicht im Wege stehen. Ich bin also bereit, sie Euch für den Preis weiterzuverkaufen, den ich gezahlt habe. Wenn Du Interesse hast, melde Dich bitte bei mir.
Mit herzlichen Grüßen
Martina Bodenstein

Jenny war wie vom Donner gerührt. Sie las den Brief noch einmal. Und noch einmal.

War das wirklich wahr?

Joy. Sie musste Joy anrufen!

Sie spürte plötzlich ihr schlechtes Gewissen, dass sie

sich auf all die Nachrichten von Joy nicht zurückgemeldet hatte.

Beim ersten Klingeln war die Freundin am Telefon. Bevor sie irgendetwas sagen konnte, legte Joy schon los: »Endlich! Wo hast du dich denn versteckt gehalten? Egal. Ich muss dir dringend etwas erzählen. Ich habe die Frau bearbeitet, die Harmony gekauft hat. Habe ihr immer wieder von dir und der Stute erzählt.«

»Sie hat mir geschrieben«, unterbrach Jenny. »Sie will mir Harmony verkaufen.«

»Juhuuuu!«, schrie Joy ins Telefon. »Ich wusste doch, dass ich sie rumkriege. Siehst du, ich habe dir doch gesagt, dass wir das schaffen.«

»Meint sie das wirklich ernst?« Jenny konnte ihr Glück kaum fassen.

»Klar meint sie das ernst! Sie hat ganz viele Pferde, auf eines mehr oder weniger kommt es ihr nicht an. Du musst dich sofort bei ihr melden und zusagen. Sofort!«, bestimmte Joy. »Und dann kommst du gefälligst hierher und besuchst dein Pferd!«

»Ich … ich weiß gar nicht, was ich sagen soll«, stotterte Jenny.

Noch am selben Abend rief ihr Vater Frau Bodenstein an und machte den Kauf perfekt. Am nächsten Morgen saß Jenny mit ihrer Mutter im Auto auf dem Weg zum Blue-Horse-Zentrum. Sie würden das letzte Wochenende vor dem Beginn des neuen Schuljahres gemeinsam dort verbringen und alles regeln.

»Kneif mich, Mama, damit ich weiß, dass ich nicht träume«, wiederholte Jennifer immer wieder. »Nein, kneif mich nicht, denn wenn das ein Traum ist, will ich nie wieder daraus aufwachen!«

Als die vertraute Anlage in der flachen Landschaft auftauchte, konnte Jenny nicht glauben, dass es erst knapp vier Wochen her war, seit sie das Zentrum verlassen hatte. Gefühlt waren es Jahre.

Das Auto ihrer Mutter war auf dem gepflasterten Hof kaum zum Stehen gekommen, da riss sie schon die Tür auf. Sie hatte die halbe Nacht wach gelegen und Harmony in Gedanken immer wieder gesagt, dass sie nun ihr gehörte und dass nichts in der Welt sie mehr trennen konnte.

Jenny reichte es nur für ein eiliges Hallo, und schon ließ sie Ray und Betty stehen, die zur Begrüßung aus dem Haus gekommen waren. Joy wurde mit einem kurzen »Komm!« aufgefordert, so schnell wie möglich mit ihr zu Harmony zu laufen – das war das Einzige, was jetzt zählte.

Sie erreichte kaum den Paddock, wo die Stute zuletzt gestanden hatte, als Harmony ihr auch schon laut wiehernd entgegengaloppiert kam.

Jenny schlüpfte unter dem Zaun hindurch und warf sich Harmony um den Hals.

»Mein Mädchen. Ich habe dich soooo vermisst ...«

Harmony tat das, was sie schon bei ihrer allerersten Begegnung getan hatte: Sie begann hingebungsvoll, Jennifers Gesicht und Halskuhle abzuschnobern und zärtlich mit den Lippen an ihr zu knabbern.«

»Seid ihr sicher, dass das ein Pferd ist und kein etwas zu

groß geratener Dalmatiner?«, konnte Lena Burkhard sich nicht verkneifen. Sie war inzwischen mit Betty und Ray am Paddock angekommen.

Ray nickte zufrieden. Er war kein Mann von großen Worten, aber man konnte erkennen, dass ihm gefiel, was er sah.

»Die Stute und das Mädchen gehören zusammen. Hab ich von Anfang an gewusst.«

Am Abend saßen Jennifer und ihre Mutter zusammen mit Familie Jones und den Mitarbeitern des Zentrums am langen Holztisch des Haupthauses. Jenny strahlte. Wenn es einen Moment von perfektem Glück gab, dann war es dieser.

Nach dem Essen ergriff Betty das Wort. »Habt ihr schon überlegt, wo ihr Harmony unterstellen wollt?«

»Ich dachte, auf dem Hoppenhof, oder?«, antwortete Jennifers Mutter.

»Niemals!«, entfuhr es Jennifer. »Harmony braucht natürlich einen Offenstall. Wie hier.«

»Ich gebe dir den Rat, einen Stall mit einer relativ kleinen Herde zu suchen«, gab Betty zurück. »Harmony kennt außer ihrer Mutter und ihren vier Schwestern noch keine anderen Pferde.«

»Und sie kennt keine, die nicht gescheckt sind«, kicherte Joy.

»Das ist ein echter Punkt«, schaltete Ray sich ein. »Pferde neigen dazu, sich mit Tieren der gleichen Farbe zusammenzuschließen. Die Scheckfarbe ist ungewöhnlich, in der freien Natur sogar ein echter Nachteil, weil sie viel zu auffällig ist. Das zieht Raubtiere geradezu an. Deshalb tun sich Pferde mit Sonderfarben immer schwerer bei der Herdenintegration.«

»Das heißt, ich muss einen Offenstall mit einer kleinen Herde finden, wo mindestens ein anderer Schecke dabei ist«, fasste Jennifer zusammen.

»Nicht nur das«, warf Joy ein. »Wir haben hier die Erfahrung gemacht, dass es gut ist, ein Pferd in ungefähr demselben Alter dabeizuhaben. Wenn du Harmony in eine Rentnerherde stellst, ist da niemand, mit dem sie spielen kann.«

»Na super«, seufzte Lena Burkhard auf. »Ich dachte, wir hätten das Hauptproblem gerade gelöst, und schon sehe ich das nächste auf uns zukommen: Wohin mit dem Pferd?«

»Mach dir keine Sorgen, Mama«, versuchte Jenny sie zu beruhigen. In ihrem grenzenlosen Glück, dass Harmony ihr Pferd geworden war, schien ihr kein Problem unüberwindlich. »Wir werden schon den richtigen Ort für das Stütchen finden.«

Bei Tagesanbruch schlich Jenny sich aus dem Zimmer, das sie mit ihrer Mutter teilte. Sie wollte Harmony unbedingt noch vor dem Frühstück sehen und mit ihr einen Morgenspaziergang machen. Harmonys Knotenhalfter und ein langes Führseil hatte sie sich schon am Abend vorher von Joy geben lassen.

Harmony begrüßte sie mit einem zärtlichen Brummeln. Als Jennifer ihr das Knotenhalfter hinhielt, senkte sie ihren

Kopf und schlüpfte mit der Nase hinein, als könne auch sie es kaum erwarten, etwas mit Jennifer zu unternehmen.

Jenny führte sie aus dem Paddock heraus und schlug einen Feldweg ein. Es war ein wunderschöner Spätsommermorgen und Harmony schritt am durchhängenden Seil mit gespitzten Ohren munter neben ihr her. Sie schien Jenny vollkommen zu vertrauen, und Jenny spürte ihr Herz vor Glück so weit werden, als müsse es gleich zerspringen.

Sie waren schon eine ganze Weile unterwegs, als Harmony auf einmal wie angewurzelt stehen blieb. Gebannt starrte sie nach vorn.

Jenny konnte nichts Besonders vor ihnen ausmachen und versuchte Harmony dazu zu bewegen weiterzugehen. Doch die Stute baute immer mehr Spannung auf, bis sie schließlich ein herzzerreißendes Wiehern ausstieß, als fiele ihr plötzlich ein, dass sie ja mutterseelenallein und kilometerweit von ihrer Herde entfernt war. Sie begann, aufgeregt zu tänzeln, und wieherte erneut ohrenbetäubend.

Auf einmal wurde Jenny bewusst, dass keiner wusste, wo sie waren. Was, wenn Harmony aus irgendeinem Grund durchdrehte und nicht zu halten war? Wenn sie sich dabei verletzte? Angst stieg in ihr hoch, und fast im selben Moment begann Harmony, sich wie toll zu gebärden – sie schüttelte unwillig den Kopf und begann zu buckeln und zu steigen.

»Sei innerlich bei ihr, um ihr zu vermitteln, dass es keinen Grund gibt, sich zu fürchten«, hörte sie plötzlich Rays Stimme.

Sie musste Harmony dazu bringen, die Gedanken von

Panik, die sie aus welchem Grund auch immer gerade beherrschten, loszulassen. Und dazu musste sie selbst zu allererst ihre eigene Angst loslassen.

Jenny atmete tief aus. Jetzt ganz ruhig bleiben.

Mit leiser Stimme begann sie, irgendetwas auf die Stute einzureden. Sie versuchte dabei, Harmonys verrückte Sprünge zu ignorieren und einfach zuversichtlich nach vorn zu denken. Intuitiv begann sie wie ein Pferd abzuschnauben.

Mitten im nächsten aufgeregten Wiehern ging auch Harmony plötzlich in ein Schnauben über. Sie nahm ihre Kommunikation an!

Jennifer lief schnaubend weiter und auch Harmony schnaubte erneut und senkte den Kopf. Sie schien fast dankbar, dass Jenny ihr signalisierte, dass es offenbar keinen Grund zur Panik gab, und beruhigte sich zusehends.

Vor lauter Erleichterung pfiff Jenny spontan ein Lied. Harmony spitzte die Ohren. Sie schritt nun wieder so aufmerksam und entspannt neben ihr her wie zuvor.

Jennifers Herz jubelte. Sie und Harmony hatten gerade ihre erste gemeinsame Herausforderung mit Erfolg gemeistert!

Der Abschied von Harmony war Jenny nicht leichtgefallen, als sie sich nach dem Mittagessen auf den Rückweg nach Frankfurt machten. Aber es war kein Vergleich zu ihren Gefühlen beim Abschied vom Blue-Horse-Zentrum vor vier Wochen, als sie glaubte, Harmony nie mehr wiederzusehen.

Nun musste sie so schnell wie möglich einen Stall finden, damit sie Harmony endlich zu sich holen konnte. Auf der ganzen Rückfahrt durchforstete Jennifer ihr Gedächtnis nach Reitställen in der Umgebung. Die meisten im Frankfurter Umland, die sie kannte, waren große Ställe mit Boxenhaltung und Schulbetrieb – manche mehr auf den Turniersport ausgerichtet, andere überwiegend von Freizeitreitern bevölkert. Doch ein Offenstall war nicht darunter. Jenny tröstete sich damit, dass das ja nur die Ställe waren, die ihr spontan einfielen. Auf den zahlreichen Internetportalen, die freie Stallplätze vermittelten, würde sie sicher fündig werden.

»Gleich wenn wir nach Hause kommen, google ich alle Offenställe in unserer Gegend«, verkündete sie, als sie auf der Autobahn Richtung Frankfurt fuhren.

»Dir ist schon noch bewusst, dass morgen die Schule anfängt, oder?«, warf ihre Mutter ein. »Das mit Harmony funktioniert nur, wenn die Schule nicht leidet. Das ist sowohl für mich als auch für deinen Vater absolute Grundbedingung.«

Jenny schwebte immer noch im siebten Pferdehimmel. Schule? Die gab es ja auch noch. Ach, das würde sie schon irgendwie erledigen. Was konnte jetzt noch passieren, wo sie und ihre Harmony nichts mehr trennte?

Wo ist der nächste Offenstall?

Beim Heimkommen nahm Lena Burkhard Jenny das Versprechen ab, im Internet noch für maximal eine Stunde nach einem Stall für Harmony zu suchen.

»Das müsste reichen«, dachte sie zuversichtlich. Doch mit jeder Minute, die verging, sank ihr Herz. Es wurden zwar reichlich offene Stallplätze angeboten, doch im Höchstfall gab es eine Paddockbox, an die für das Pferd noch ein kleiner gepflasterter Austritt angeschlossen war.

»Einzelhaft mit Balkon!«, schnaubte Jenny verächtlich. Niemals konnte sie sich Harmony in so einer Haltungsform vorstellen.

Die Alternative waren private Ställe mit drei oder vier Pferden, welche die Pferde das ganze Jahr über mit kleiner Weidehütte auf der Koppel hielten. Aber wie sollte sie Harmony ausbilden, wenn noch nicht mal ein Reitplatz da war, geschweige denn ein Roundpen?

»Vielleicht stellst du zu hohe Ansprüche«, bemerkte ihre Mutter, der nicht entging, dass Jennifer im Verlauf der Stunde immer mutloser wurde.

»Mir geht es doch nur darum, dass Harmony so leben kann, wie sie es gewohnt ist: zusammen mit ein paar anderen Pferden, mit denen sie sich gut versteht, bei genug Auslauf, gutem Heu und einer schönen Koppel, auf der sie im Sommer grasen kann. Und zumindest ein Roundpen, in dem wir arbeiten können. Das ist doch wohl nicht zu viel verlangt, oder?«

»Wie viele Pferde verbringen ihr Leben in Boxen? Die leben doch auch.«

»Mama!«, heulte Jenny auf. »Das kann doch jetzt nicht dein Ernst sein.«

Lena Burkhard blickte ihre Tochter an. »Ich meinte es gestern durchaus ernst, als ich sagte, dass ich neue Probleme auf uns zukommen sehe. Du willst für Harmony das Optimum. Das ist verständlich. Aber vielleicht nicht realistisch.«

Jennifer fühlte sich von ihrer Mutter vollkommen missverstanden. Eine artgerechte Pferdehaltung war alles, was sie für ihre geliebte Harmony wollte. Und wie konnte sie auch irgendetwas anderes wollen als das Optimum?

Der erste Schultag rauschte an ihr vorbei. Natürlich war Harmony das einzige Thema, über das sie mit Kassie und den anderen Mädchen ihrer Klasse sprach. Jenny zeigte allen die Fotos, die sie am Wochenende mit ihrem Handy von Harmony geschossen hatte, und fühlte sich stolz und glücklich. Ihr wurde bewusst, dass sie jetzt wirklich eine Pferdebesitzerin war. Dass der größte Traum ihres Lebens sich erfüllt hatte.

Gleich nach der Schule kaufte sie sich eine Fahrradkarte vom Frankfurter Umland und zog mit dem Zirkel verschieden große Kreise um ihren Wohnort: Einen Stall in einem Radius von drei Kilometern Entfernung zu finden wäre ideal, bis fünf Kilometer waren mit dem Fahrrad noch machbar, ab zehn Kilometern wurde es schwierig, solange sie nicht motorisiert war. Sie würde in den nächsten Tagen einfach das ganze Gebiet abfahren, sicher gab es irgendwo einen freien Platz in einer kleinen Herde, der nicht inseriert war!

Doch nach zwei Wochen, in denen sie täglich mehrere Stunden auf dem Rad verbrachte, musste sie einsehen, dass es nicht so einfach war. An irgendetwas mangelte es immer. Standen die Pferde auf schönen grünen Wiesen, war das garantiert irgendein Bauer, der weder über Reitplatz noch Paddock verfügte. Andererseits hatte alles, was nach Reitanlage aussah, maximal einen nachmittäglichen Koppelgang in einer Riesenherde zu bieten, ansonsten die übliche Boxenhaltung. Und die kleinen Ställe, die irgendwo dazwischenlagen, hatten entweder nichts frei oder schienen Jenny so merkwürdig, dass sie sich selbst und Harmony dort einfach nicht vorstellen konnte.

Als ihr Vater sie anrief, um sich zu erkundigen, wie es mit der Stallsuche vorankam, fragte Jenny sich schon ernsthaft, ob sie Harmony nicht im Blue-Horse-Zentrum stehen lassen sollte, um sie dort jedes Wochenende zu besuchen.

»Ausgeschlossen«, meinte Klaus Burkhard sofort. »Hast du mal überlegt, was das an Fahrtgeld kostet? Und du glaubst doch wohl nicht im Ernst, dass das mit der Schule zusammen funktionieren kann? Unter der Woche sind deine Gedanken nur bei dem Pferd und am Wochenende fehlt dir die Zeit zum Lernen!«

»Was soll ich denn tun?«, brach es aus Jenny heraus. »Ich finde einfach keinen Platz für Harmony, und ich weiß nicht, wo ich noch suchen soll.«

»Hast du mal was von einem sogenannten Aktivstall gehört?«

Jennifer verschlug es den Atem. Ihr Vater interessierte sich für Pferdehaltung?

»Ja, ich meine, nein, also ein bisschen …«, stotterte sie.

»Linda hat mir den Tipp gegeben, dass bei mir in der Nähe so einer gebaut wird. Sie würde dich übrigens sehr gerne mal kennenlernen.«

Jenny ignorierte die letzte Bemerkung ihres Vaters. Sie wollte die Freundin ihres Vaters am liebsten, so gut es ging, ausblenden.

»Was ist denn das für ein Stall?«, warf sie schnell ein.

»Es scheint für die Pferde sehr gut zu sein, sie können den ganzen Tag über kleine Portionen fressen und sich bewegen. Das ganze Ding ist hoch computerisiert, ich fand das ganz interessant. Wir können ja mal hinfahren und es uns anschauen.«

Jenny musste schlucken.

»Papa, du bist … spitze!«

Drei Tage später stand Jennifer mit ihrem Vater auf einer riesengroßen geschotterten Freifläche im Norden von Frankfurt, auf der rege Bautätigkeit herrschte. Die junge

Stallbesitzerin und ihr Mann erklärten ihnen über ausgebreiteten Plänen kompetent und freundlich die Anlage, die hier im Entstehen war.

Es würde neben einem frostfreien Außenreitplatz für die Pferde einen großen befestigten Sandpaddock und eine Liegehalle geben, dazu die Integrationszone für Neuzugänge, Wälzplätze und natürlich die Futterautomaten, das Herz der Anlage.

»Jedes Pferd trägt einen sogenannten Transponder, über den per Computer ganz genau gesteuert werden kann, welche Fresszeiten es am Heufutterautomaten und am Kraftfutterautomaten bekommt. Außerdem wird über eine Schleuse der Zugang zu einer Selektionszone geregelt, in der die Pferde bei Bedarf Heu ad libitum fressen können, im Sommer kommt die voll automatisierte individuelle Weideberechtigung dazu.«

»Wie lernen die Pferde das denn, in die ganzen Fressstationen und Schleusen zu gehen?«, fragte Klaus Burkhard interessiert. Die technische Seite des Ganzen schien ihn zu faszinieren.

»Wenn's ums Futter geht, lernen sie sehr schnell«, lachte die Stallbesitzerin.

»Und wir bekommen vom Stallbauer eine extra Schulung, wie wir die Pferde an die Automaten heranführen«, ergänzte ihr Mann.

»Die Idee ist, dass die Pferde den ganzen Tag zwischen den verschiedenen Stationen pendeln und sich ständig irgendwo etwas abholen können. Die Anlage wird so ausgelegt sein, dass alles weit auseinanderliegt und sie auch mal einen großen Umweg machen müssen, um etwa das Wasser zu erreichen. So halten wir sie bis zu 20 km am Tag in Bewegung. Ohne dass der Besitzer schon mit ihnen gearbeitet hätte«, nahm die junge Frau den Faden wieder auf.

Sie und ihr Mann schienen ein eingespieltes Team im Verkaufen des Aktivstallkonzepts zu sein.

Jennifer schwirrte der Kopf. Es klang alles so gut und vernünftig. Und ja, eigentlich auch artgerecht. Doch irgendetwas gab ihr ein nagendes Gefühl im Magen.

»Wie viele Pferde werden denn hier stehen, wenn der Stall fertig ist?«, hörte sie sich fragen.

»Dreißig Pferde sind schon fest angemeldet, Platz hätten wir noch für weitere zehn«, antwortete der Mann fröhlich.

»Vierzig Pferde?«, entfuhr es Jenny ungläubig.

Das war es also, was ihr die ganze Zeit so viel Unbehagen verursachte. Die Anlage war ungeheuer großzügig geplant und kostete bestimmt eine ganze Menge Geld. Da war es undenkbar, dass hier eine überschaubare Herde gehalten werden sollte.

Der Vater bemerkte, dass Jennifers Stimmung umgeschlagen war.

»Wir können es uns ja noch einmal überlegen. Es gibt ja immerhin zehn freie Plätze«, bemerkte er.

»Täuschen Sie sich nicht. Die gehen weg wie warme Semmeln«, antwortete die Frau. Wenn wir in einem Monat eröffnen und die ersten Pferde integrieren, rechnen wir mit einer Warteliste!«

»Kannst du mir mal erklären, was daran nun wieder nicht passt?«, ließ Klaus Burkhard in leicht entnervtem Ton hören, als sie wieder im Auto saßen. »Die beiden waren doch sehr nett, und sie schienen zu wissen, wovon sie reden.«

»Vierzig Pferde, Papa, weißt du, wie viel das ist? Harmony hat noch nie mehr als fünf Pferde auf einem Haufen gesehen. Sie würde hier total untergehen.«

»Jennifer, ich habe langsam den Eindruck, dass du mit diesem Pferd vollkommen übertreibst. Dieser Aktivstall ist doch super. Das Pferd muss eben einfach lernen, sich durchzusetzen. Linda stimmt mir darin zu und sie versteht etwas von Pferden. Das ist doch normal in der freien Wildbahn!«, entgegnete der Vater ungehalten.

»Ist es nicht, Papa. In der Natur gibt es in der Regel kleine Herden mit fünf bis sieben Pferden. So eine große Herde ist nichts für Harmony, ich spüre das. Und deine Freundin kann das nicht beurteilen, die kennt Harmony ja noch nicht mal.«

Sie konnte nicht verhindern, dass ihr die Tränen kamen. Warum konnte ihr Vater denn nicht verstehen, dass es ihr nur darum ging, für Harmony die bestmöglichen Bedingungen zu finden?

»Ach, Unsinn, was du alles spürst. Ich bin es langsam leid, dass es seit Wochen nur noch das Thema Stallsuche gibt und die Schule überhaupt keine Rolle mehr spielt. Das ist nicht, was wir vereinbart hatten. Entweder du findest bis zum Monatsende einen Stall, wo du sie hinstellen kannst, oder wir geben sie zurück!«

»Das ist nicht dein Ernst!« Jenny sah ihren Vater entsetzt an.

Klaus Burkhard kniff die Lippen zusammen und antwortete nicht.

Jennifer hatte ihren Eltern ein Wochenende im Blue-Horse-Zentrum abgerungen. Sie spürte selbst, dass sie den Bogen langsam überspannte, aber sie musste einfach mal alles in Ruhe mit Joy besprechen, und vor allem musste sie ihre Harmony endlich wiedersehen. An manchen Tagen schien es ihr wie ein Traum, dass Harmony tatsächlich ihr Pferd sein sollte – noch.

»Er wird sie dir nicht wieder wegnehmen, dein Papa knurrt nur, weil er genervt ist«, versuchte Joy ihre Freundin zu beruhigen.

»Aber wo soll ich denn mit ihr hin? Ich bin mit meinem Latein wirklich am Ende«, schüttete Jenny der Freundin ihr Herz aus. Joy verstand ihre Not, einen artgerechten Platz für Harmony zu finden, das wusste sie.

»Nicht so einfach.« Joy kaute auf ihrer Unterlippe. »Ich würde sie jedenfalls eher zu einem Bauern stellen, wo sie Koppelauslauf in einer kleinen Herde hat, als sie in eine Box zu sperren. Die Isolation und Enge steckt Harmony nicht weg. Vielleicht gewinnst du so etwas Zeit.«

»Das habe ich auch schon überlegt«, entgegnete Jennifer. »Sie ist ja noch sehr jung. Wenn wir ein halbes oder ein Jahr später mit der Ausbildung anfangen, ist das immer noch früh genug.«

»Du kannst mit ihr am Knotenhalfter spazieren gehen.

Und viele Bodenarbeitsübungen kannst du auch im Wald oder auf der Wiese machen.«

Jennifer seufzte erleichtert auf. Joy hatte recht. Es musste nicht alles sofort optimal sein. Hauptsache, die wesentlichen Dinge stimmten, und dazu gehörten genug Auslauf und die Gesellschaft anderer Pferde.

Als sie später mit Harmony im Roundpen arbeitete, begegnete ihr eine Seite der Stute, die Jenny so noch nicht kannte. Zwar folgte Harmony aufmerksam ihren Impulsen für Tempo- und Richtungswechsel, schlug aber immer wieder unwillig mit dem Kopf, bevor sie zu Jenny in die Mitte kam. Und als Jenny sie aufforderte anzugaloppieren, schleuderte sie ihr tatsächlich die Hinterbeine entgegen.

Jennifer verschlug es den Atem. Hatte Harmony gerade nach ihr ausgetreten?

»Sie ist frustriert, weil sie unterfordert ist«, kam eine Stimme von der Umzäunung des Roundpens.

Ohne dass sie es bemerkt hatte, war Ray hinzugetreten und hatte ihre Arbeit beobachtet. »Harmony ist ein junges Pferd. Und hochintelligent. Sie will beschäftigt werden, will lernen. Es ist jetzt in deiner Verantwortung, ihr das zu geben. Stattdessen hat sie jetzt vier Wochen nur auf dem Paddock rumgestanden und sich gelangweilt. Da kommt dann so was dabei raus.«

»Ich habe mir die Hacken abgelaufen nach einem passenden Stall. Und Papa macht mir Druck, dass ich sie endlich holen soll. Aber ich weiß nicht, wohin. Ich hatte schon gedacht, dass ich sie als Notlösung über den Winter erst mal zu einem Bauern stellen kann und erst später mit ihrer Ausbildung anfange. Aber wenn ich sehe, wie sie sich jetzt hier benimmt, wird das auch nicht funktionieren …«, brach sich Jennifers angestaute Verzweiflung Bahn.

Ray schüttelte den Kopf.

Tränen schossen in Jennys Augen. Der ganze Druck der letzten Wochen, einen Stall zu finden, all die Gedanken, die sie sich um Harmony gemacht hatte, und vor allem die absolute Aussichtslosigkeit auf einen Stallplatz, welcher ihrem Pferd auch nur annähernd gerecht wurde, schlugen über ihr wie eine große Welle zusammen.

Mit seinem üblichen Feingefühl für Pferde und Menschen legte Ray ihr die Hand auf die Schulter. Beruhigend und doch bestimmt sprach er auf sie ein: »Bring Harmony auf den Paddock zurück. Wir gehen ein paar Schritte.«

Es war ein schöner Herbstabend. Sie schlugen den Weg zu den Außenkoppeln ein, wo sie Harmony zum ersten Mal gesehen hatte. Nachdem sie eine Weile schweigend nebeneinander hergelaufen waren, konnte Jennifer spüren, wie sie innerlich ruhiger wurde.

Schließlich begann Ray zu sprechen: »Du denkst vielleicht, du bist am Ziel, weil du Harmony endlich bekommen hast. Und dass jetzt alles nur noch gut und rosig sein sollte, weil ihr zusammen seid.« Ray schüttelte den Kopf. »Irrtum Nummer eins. Jetzt fängt der Weg erst an. Es wird genau so tiefe Tiefen geben, wie es hohe Höhen geben wird. Und so soll es auch sein.«

Ray schwieg wieder, und Jenny versuchte, seine Worte in

sich aufzunehmen, ohne lauthals zu protestieren. Harmony und sie waren doch füreinander bestimmt! War das nicht immer das Happy End, wenn zwei, die zusammengehörten, sich endlich gefunden hatten? Sie musste nur noch einen guten Stall für Harmony finden. Was sollten da noch für tiefe Tiefen kommen?

Ray fuhr unbeirrt fort: »Es gibt verschiedene Gründe, ein Pferd zu haben. Doch egal, was das Pferd für den Besitzer sein mag – Freund, Prestigeobjekt oder Sportgerät –, es ist immer auch sein Spiegel. Und zwar der unbestechlichste, den du dir vorstellen kannst. Die wenigsten trauen sich, das anzunehmen und sich davon verändern zu lassen. Und natürlich kann ich dichtmachen und mir einreden, das Pferd wäre an allem schuld, wenn was nicht gut läuft. Oder die äußeren Umstände.«

Ray schüttelte wieder den Kopf. »Irrtum Nummer zwei.«

»Was hat das mit dieser verflixten Stallsituation zu tun?«, warf Jenny ein.

»Alles«, antwortete Ray knapp. »Hast du dich schon mal gefragt, wovor du Harmony so unbedingt beschützen willst?«, setzte er nach.

»Beschützen? Ich will für sie doch nur eine artgerechte Haltung«, versuchte Jenny zu entgegnen. Doch irgendetwas in ihr wusste, dass Ray mit seinen Worten ins Schwarze getroffen hatte.

Sie senkte den Kopf.

»Vielleicht will ich, dass sie ein optimales Zuhause hat, weil es bei mir nicht so gut lief«, rutschte es aus ihr heraus.

Sie gingen eine Weile schweigend nebeneinander her.

Jenny war damit beschäftigt, zu verdauen, was da gerade aus ihrem Mund gekommen war. Gleichzeitig fühlte sie sich irgendwie erleichtert. Die Riesenverantwortung, den optimalen Stall für Harmony zu finden, schien plötzlich von ihr abgefallen.

Als könne er ihre Gedanken lesen, fügte Ray hinzu: »Harmony ist ein sehr starkes Pferd. Du kannst ihr zutrauen, ihren eigenen Weg zu gehen. Egal, wo du sie hinstellst. Sie wird das Beste draus machen.«

»Du meinst, es ist gar nicht so wichtig, wie artgerecht der Stall ist?«, fragte Jenny zögerlich.

»Natürlich ist es wichtig, die bestmöglichen Bedingungen für dein Pferd zu finden! Nur wird es niemals perfekt sein. Und das hält Harmony aus. Irgendeinen Tod musst du immer sterben. Wenn du die Wahl hast, dann nimm den, der am wenigsten wehtut.«

»Und woher weiß ich, wo ich am ehesten Abstriche machen kann?« So ganz war ihr noch nicht klar, worauf Ray hinauswollte.

»Dafür gibt es eine ganz einfache Regel: Schau aufs Pferd! Harmony wird dir zeigen, womit sie leben kann und womit nicht. Dann weißt du, wann es an der Zeit ist, etwas zu verändern.«

Ray hielt an und wandte sich Jenny zu.

»Du denkst, hier ist alles perfekt, hier ist so was wie der siebte Pferdehimmel. Irrtum Nummer drei. Wir haben hier genauso unsere Herausforderungen. Frag Betty oder Joy. Egal, wie viel wir uns einsetzen und kämpfen mögen, ganz oft müssen wir trotzdem Kompromisse schließen. Nur um rauszufinden, dass es so überhaupt nicht geht und wir wieder von vorne beginnen müssen. Leben mit Pferden ist lernen, was nicht geht. Und es beim nächsten Mal ein bisschen besser zu machen. Perfekt gibt es nur in deinem Kopf.«

Ray blickte ihr tief in die Augen und seine Stimme senkte sich fast zu einem Flüstern.

»Ich verrate dir ein Geheimnis. Dein Pferd ist dein Weg. Und du bist der Weg deines Pferdes. Ihr geht ihn zusammen, um aneinander zu wachsen und zu reifen und Herausforderungen gemeinsam zu bestehen. Dann kann eine Verbindung zwischen euch entstehen, die über alles hinausgeht, was du dir jetzt vorstellen kannst.«

Erneut traten Tränen in Jennys Augen. Rays letzte Worte hatten sie tief im Innersten berührt.

Sie musste plötzlich an ihren Urgroßvater denken. Für ihn war die Herausforderung offenbar zu groß gewesen, nach der Flucht in den Westen weiterzumachen, seinen Weg mit den Pferden weiterzugehen. Vielleicht war es jetzt an ihr und Harmony, das Pferde-Gen gemeinsam weiterzutragen. Es miteinander zu leben.

Jennifer umarmte Ray. »Ich glaube, ich habe verstanden.«

Ray grinste und knuffte sie in die Seite. »Du stehst der Stärke deiner Stute in nichts nach. Das wirst du brauchen.«

Die Herde

Der Zufall kam Jennifer am Montag in der Schule in Gestalt von Kassie zu Hilfe.

»Ich weiß jetzt, dass es ›perfekt‹ nicht gibt. Und dass das okay ist«, schloss sie ihren Bericht.

»Also wenn es reicht, dass da eine Wiese und ein eingezäunter Bereich mit Unterstand ist, dann schau dir doch mal den Hof hinter dem Gewerbegebiet an. Als wir am Wochenende mit dem Hund spazieren waren, habe ich gesehen, dass da wieder jemand eingezogen ist. Da standen auch ein paar Pferde. Vielleicht haben die Platz für Harmony.«

Jenny wusste sofort, von welchem Hof Kassie sprach, sie war auf dem Weg zum Hoppenhof immer daran vorbeigefahren. Die Anlage an sich war gar nicht schlecht. Es gab einen befestigten Paddock mit zwei runden Heuraufen und zwei grob gezimmerten Unterständen, an den sich eine große Wiese anschloss. Wenn sie sich recht erinnerte, gab es sogar eine kleine Halle. Die Besitzer, ein älteres Ehepaar, hatten dort einen Ponyhof geführt, der über die Jahre immer mehr heruntergekommen war, was offenbar mit dem steigenden Alter der Betreiber zusammenhing. Wenn Jenny von ferne die apathisch dreinblickenden Shettys auf der kahl gefressenen Wiese stehen sah, zog sich ihr jedes Mal das Herz zusammen. Irgendwann hatte sie dann gehört, dass die Pferde alle weggegeben und der Hof geschlossen worden war, woraufhin er ein paar Jahre leer gestanden hatte.

Sie umarmte die Freundin. »Mensch, Kassie, danke für den Tipp. Das ist ja praktisch vor meiner Haustür!«

Nach der letzten Schulstunde schwang Jenny sich aufs Rad und fuhr direkt zu dem alten Ponyhof. Sie näherte sich dem Hof von der Rückseite und entdeckte schon von Weitem ein paar Pferde, die auf der Weide herumstanden. Sie zählte sechs Stück, es waren sogar zwei Schecken darunter. Als sie die Weide hinter sich gelassen hatte und entlang einer hohen Mauer auf das geschlossene Hoftor zuradelte, hörte sie wütendes Hundegebell.

»Hallo? Ist jemand da?«, rief sie vor dem hohen Metalltor, das jeden Einblick in den Hof verwehrte.

Der Hund schlug jetzt stärker an.

»Hallo? Mein Name ist Jenny Burkhard. Ich würde gerne mit Ihnen reden«, versuchte sie noch mal, gegen das wütende Hundegebell anzubrüllen.

Plötzlich hörte sie eine weibliche Stimme.

»Arras, Platz!«

Augenblicklich verstummte der Hund. Das Hoftor öffnete sich einen Spalt, und eine Frau mittleren Alters, die wirkte, als hätte sie gerade geschlafen, steckte ihren Kopf hindurch.

»Was ist?«, ließ sie kurz angebunden hören, während sie Jennifer nicht eben freundlich taxierte.

Jenny spürte, dass sie nicht viel Zeit hatte, sich zu erklären. Also setzte sie alles auf eine Karte. »Ich möchte mein Pferd bei Ihnen einstellen«, sagte sie mit fester Stimme und blickte der Frau dabei in die Augen.

Die Frau zögerte einen Moment überrascht. Dann öffnete sie das Tor.

Jenny klopfte das Herz bis zum Hals. Die Frau, der Hund, die ganze Atmosphäre auf dem Hof waren ihr etwas unheimlich. Aber jetzt gab es kein Zurück mehr. Sie fasste ihren ganzen Mut zusammen und trat ein.

Arras entpuppte sich als ein großer Schäferhundmischling, der jetzt folgsam auf dem Boden lag und jeden ihrer Schritte beobachtete.

»Der Hund tut dir nichts. Ignorier ihn einfach«, bemerkte die Frau. »Komm mit.«

Sie überquerten den gepflasterten Hof und Jennifer blickte sich verstohlen um. Es sah einigermaßen aufgeräumt aus, in einer offenen Scheune lagerten ein paar Rundballen Heu, und es schien sogar einen überdachten Putzplatz zu geben.

Die Frau führte sie zu dem Paddock, auf dem Jenny nun weitere sechs Pferde entdeckte, darunter auch drei Shetlandponys.

Als könne die Frau ihre Gedanken lesen, sagte sie: »Die zwölf Pferde, die hier stehen, gehören alle mir. Eigentlich bin ich nicht auf Einsteller aus. Aber genug Platz ist ja da. Du kannst dein Pferd bringen.«

Jenny war überrascht, wie schnell die Frau zur Sache kam.

»Wollen Sie denn gar nichts über mein Pferd wissen? Es ist eine junge Paint Stute, noch roh, die bis jetzt …«

»Passt schon«, schnitt die Frau ihr das Wort ab. »Die Pferde haben 24 Stunden Heu und Zugang zur Weide. Kraftfutter musst du selber füttern.«

Sie taxierte Jennifer kurz. »350 Euro, abäppeln inklusive.«

Jenny schluckte. Das war ein stolzer Preis für ein bisschen Raufutter und eine abgefressene Wiese. Sie hatte das Gefühl, dass diese Frau sie ausnehmen wollte wie eine Weihnachtsgans, aber hatte sie eine andere Wahl?

Wieder schien die Frau sie zu lesen, denn sie fügte plötzlich in einem betont freundlicheren Tonfall hinzu: »Die Hallenbenutzung ist natürlich inbegriffen. Und ich kann dir bei der Ausbildung deiner Stute helfen.«

Sie fühlte sich, als sei ihr Kopf mit Watte gefüllt. In ihr erklang eine warnende Stimme: »Sag, dass du es dir überlegst. Schlaf noch mal drüber.« Doch wie hypnotisiert kamen aus ihrem Mund die Worte: »Einverstanden, ich nehme den Platz.«

»Bei mir gibt es keinen schriftlichen Vertrag«, fügte die Frau bestimmend hinzu. »Bring mir eine unterschriebene Einverständniserklärung deiner Eltern, das reicht. Stallmiete in bar pünktlich zum Monatsersten.«

Jenny nickte. Sie öffnete den Mund, als wolle sie noch etwas sagen. Dann schloss sie ihn wieder und nickte noch einmal.

Als sie zurück nach Hause radelte, verzog sich langsam das neblige Gefühl aus ihrem Kopf. »Du hast einen Stall für Harmony gefunden. Praktisch vor der Haustür. Freu dich doch!«, sagte etwas in ihr. Ein anderer Teil von ihr hatte das dringende Bedürfnis, die Frau anzurufen und das Ganze abzusagen.

»Du hast ja noch nicht mal einen Namen und eine Telefonnummer«, meldete sich die erste Stimme wieder. »Nimm es als ein Zeichen, dass es so sein soll. Du kannst Harmony endlich zu dir holen.«

Das mulmige Gefühl in Jennifers Magengrube blieb bestehen. Sie hatte noch nicht mal das Heu untersucht, oder die Pferde, die dort standen. Eigentlich wusste sie gar nichts über den Hof oder die Frau.

»Du stellst zu hohe Ansprüche«, ertönte wieder die erste Stimme. »Da ist viel Auslauf, eine überschaubare Herde und eine Reithalle. Was willst du denn noch?«

Ja, was will ich eigentlich, fragte sich Jenny. Eigentlich ist es doch okay. Es ist ziemlich teuer, das ist das Einzige. Aber sonst …

Als Lena Burkhard am Abend aus der Redaktion nach Hause kam, hatte Jenny alle Zweifel erfolgreich verdrängt. Jetzt musste sie das Ganze nur noch ihrer Mutter verkaufen.

»Ich habe einen Stall für Harmony gefunden. Gleich hier um die Ecke«, berichtete sie in möglichst überzeugendem Tonfall.

Ihre Mutter hörte sich ruhig Jennys Auflistung der Fakten an. Bei dem Stallpreis schluckte sie. »Ist das nicht sehr viel Geld für das, was du da bekommst?«, fragte sie nach.

Jenny zuckte betont beiläufig mit den Schultern. »Frankfurter Umland. Aber die Frau wird mir dafür bei der Ausbildung von Harmony helfen.«

Auch die Mutter zuckte nun mit den Schultern. »Ich kann das nicht beurteilen, ich verstehe nichts von Pferden. Wenn du das Gefühl hast, dass es für dich und Harmony passt und Papa einverstanden ist, dann soll es so sein. Ein Pluspunkt ist sicher, dass es so nah ist. Da geht dir mit der Hin- und Herfahrerei nicht so viel Zeit für die Schule verloren.«

Jenny verspürte zum ersten Mal so etwas wie Erleichterung. Sie konnte ihr geliebtes Pferd endlich zu sich holen.

Der 1. Oktober war ein Samstag. Ray hatte angeboten, Harmony an ihren neuen Bestimmungsort zu bringen, weil er ohnehin in der Gegend zu tun hatte. Auch Joy wäre liebend gern mitgekommen, musste aber eine Besuchergruppe im Zentrum betreuen.

Jenny war schon zwei Stunden vor der vereinbarten Ankunftszeit auf dem Hof. Die Hofbesitzerin, die sich als Margret Schmitz vorgestellt hatte, hatte ihr einen kleinen Schrank in die Sattelkammer gestellt, und Jennifer räumte sorgfältig das neu gekaufte Putzzeug ein.

Ihre Gedanken wanderten zu der bevorstehenden Herdenintegration. Als sie gemeinsam mit ihrem Vater die erste Stallmiete überbrachte, hatte sie versucht, das Thema anzusprechen. Im Internet hatte sie gelesen, dass es viel

Erfahrung brauchte, ein neues Pferd gut in eine bestehende Herde zu integrieren, und sie wollte von der Hofbesitzerin wissen, wie sie sich den Integrationsprozess vorstellte. Doch Margret Schmitz schnitt ihr das Wort ab.

»Integrationsprozess? Unsinn! Das macht alles nur kompliziert. Wir schmeißen die Stute einfach rein, den Rest macht die Herde unter sich aus.«

»Aber Harmony kennt nur ihre Mutter und ihre vier Schwestern ...«, versuchte Jenny einzuwenden.

Margret Schmitz blickte sie mit einem Gesichtsausdruck an, der keinen Widerspruch duldete. »Ich kenne meine Herde. Das funktioniert.«

Als Jenny später am Telefon Joy von dem Gespräch erzählte, hatte auch diese Zweifel angemeldet: »Das geht gegen alles, was wir hier mit der Integration von Pferden erfahren. Die Eingliederung in eine Herde ist für das Pferd ein riesengroßer Stressfaktor, vor allem bei jungen Pferden, und deshalb braucht es viel Feingefühl. Einerseits muss das neue Pferd den anderen Herdenmitgliedern begegnen und sich in die Herdenordnung einfügen. Andererseits muss es gerade am Anfang aber auch die Möglichkeit zum geschützten Rückzug haben. Eine gelungene Integration steht und fällt damit, zu erkennen, wann was dran ist: Begegnung oder Rückzug. Von dieser Balance hängt alles ab! Auf den eingezäunten Flächen unserer Offenställe stehen für den Neuling eben keine unbegrenzten Ausweichmöglichkeiten und Futteralternativen zur Verfügung wie in der freien Natur. Je größer die Herde und je kleiner der Platz, desto stressiger für das neue Pferd.«

Jenny verdrängte ihre aufkommende Sorge und legte die Möhren und Äpfel, die sie zu Harmonys Begrüßung gekauft hatte, in den Schrank. Sie musste sich einfach darauf verlassen, was die Stallbesitzerin gesagt hatte. Sie schien ja etwas von Pferden zu verstehen und die Herde wirkte sehr friedlich. Harmony würde die Ankunft in ihrer neuen Familie schon gut überstehen.

Als der Wagen vom Blue-Horse-Zentrum auf den Hof gerollt kam, ging alles sehr schnell. Kaum hatte Ray die Stute aus dem Anhänger geführt, war auch schon Margret Schmitz zur Stelle und nahm sie dem verdutzten Ray ab. Als sie Harmony am Paddockzaun entlang zum Eingang führte, kamen die ersten Pferde neugierig angelaufen. Harmony war angesichts der ganzen Pferde wie elektrisiert und tänzelte am Führseil.

Die Stallbesitzerin verscheuchte die Pferde vom Eingang und führte Harmony hinein. Dann löste sie ihren Strick vom Halfter und entließ sie in die Herde.

Mittlerweile hatte sich die ganze Herde auf dem Paddock versammelt und galoppierte nun mit angelegten Ohren auf die junge Stute zu, die panisch durch ihre Mitte stob. Ihr war anzusehen, dass sie keine Ahnung hatte, warum sie von all diesen Pferden bedrängt wurde. Jenny stand hilflos am Zaun und beobachtete die wilde Jagd. Harmony kam immer wieder zu ihr gerannt, als wolle sie sagen: Hol mich hier raus! Aber schon erfolgte ein neuer Ansturm der Herde und die Stute galoppierte panisch in eine andere Ecke des Paddocks davon.

Margret Schmitz stand am Zaun und sah sich das Schauspiel ungerührt an.

»Ist ganz normal. Das legt sich irgendwann.«

Plötzlich drehte Ray sich abrupt um und ging zu seinem Wagen. Jenny lief ihm nach. Als sie ihn erreichte, hatte er die Klappe des Anhängers bereits geschlossen. Er presste zwischen den Zähnen hervor: »Ich kann das nicht mit ansehen«, und schwang sich ins Auto. Sie hatte ihn noch nie so wütend erlebt. Bevor sie etwas sagen konnte, hatte er das Auto angelassen und fuhr vom Hof.

Als sie zum Paddock zurückkehrte, dauerte das wilde Gerenne immer noch an.

»Sollten wir Harmony nicht rausholen und ihr eine Pause gönnen?«, wandte Jenny sich an Margret Schmitz.

Bevor diese antworten konnte, hatte Harmony in einer weiteren Flucht quer über den Paddock plötzlich den Durchgang zur Weide entdeckt und galoppierte mit erhobenem Kopf und Schweif in die Freiheit, die Herde blieb auf dem Paddock zurück. Harmony war anzusehen, wie erleichtert sie war.

Endlich konnte Jennifer zu ihrer Stute. Als sie unter dem Weidezaun hindurchschlüpfte, kam Harmony gleich schnaubend auf sie zugetrabt und ließ sich von ihr kraulen und streicheln.

Margret Schmitz beobachtete die Szene unmutig. »Die ist viel zu menschenbezogen. Lass sie in Ruhe, die muss sich jetzt in die Herde einfügen.«

Zorn wallte in Jennifer auf. Sie würde sich nicht sagen lassen, wann sie ihr Pferd streicheln durfte.

»Ich möchte ihr Heu geben«, wandte sie sich an die Stallbesitzerin.

»In der Raufe unten auf dem Paddock ist genug Heu«, entgegnete ihr diese. »Das findet sie schon.«

»Aber Sie haben doch gesehen, wie die anderen Pferde sie verjagen. Sie kommt doch gar nicht ans Heu ran!«

»Wenn du ihr irgendwelche Extrawürste machst, kommt sie nie in die Herde rein«, entgegnete die Stallbesitzerin und stapfte einfach davon. Für sie schien die ganze Angelegenheit erledigt.

Tränen der Ohnmacht schossen Jenny in die Augen. Sie fühlte sich wie eine Maus in der Falle. Nein, nicht sie, Harmony war die Maus. Aber sie hatte ihr geliebtes Pferd in diese furchtbare Falle gelockt.

Harmony knabberte mit den Lippen zärtlich an Jennys Ohr. Sie schien im Moment ganz zufrieden, hier mit ihr zu stehen und zu schmusen.

»Ich besorg dir jetzt was zu essen und zu trinken«, flüsterte Jenny ihr zu und stapfte entschlossen hinunter zum Paddock. Harmony folgte ihr bis in die Nähe des Durchgangs, blieb dann aber stehen.

Jenny riss so viel Heu, wie sie tragen konnte, aus der Raufe und brachte es hinüber zur Weide, wo sie es in der Nähe des Durchgangs zum Paddock ablegte. Die Leitstute und einige andere Pferde hatten Jennifer aufmerksam dabei beobachtet. Schließlich löste sich ein älterer Wallach namens Carlos, der offenbar nicht besonders ranghoch war, aus der Herde und stellte sich mit gespitzten Ohren an die Passage zwischen Weide und Paddock.

Harmony stürzte sich auf das Heu, ließ den Wallach beim Fressen aber nicht für einen Moment aus den Augen.

Jenny stapfte noch einmal los, schöpfte einen Eimer Wasser aus der Pferdetränke und brachte ihn Harmony, die ihn gierig austrank. Jenny fühlte sich etwas besser. Wenigstens war Harmony jetzt mit dem Nötigsten versorgt.

Mittlerweile hatte ein feiner Nieselregen eingesetzt, und ihr wurde plötzlich das ganze Ausmaß der Situation bewusst: In ein paar Stunden würde es dunkel werden, und sie musste zurück nach Hause. Sie konnte Harmony doch nicht einfach hier auf der Weide ohne Wasser und Heu zurücklassen. Wie sollte es nun weitergehen? Vielleicht konnte sie ihrer Stute dabei helfen, ihren Weg in die Herde zu finden?

Als Harmony das Heu verspeist hatte, lockte Jenny sie zu dem Durchgang, wo immer noch der alte Carlos stand und sie beobachtete. Harmony näherte sich ihm bis auf wenige Meter, drehte sich dann um und lief weg. Jenny ging ihrer Stute nach und lockte sie wieder an den Durchgang, wo sich das gleiche Spiel wiederholte. Schließlich ergriff Carlos die Initiative und folgte der flüchtenden Harmony langsam auf die Weide. Harmony blieb nun stehen. Sie ließ den Wallach an sich herankommen und sich beschnuppern. Dann stürmte sie wieder davon. Carlos blickte ihr einen Moment verdutzt nach, drehte sich dann um und trottete zum Paddock zurück.

Eine junge Stute namens Luna löste sich aus der Herde und nahm den Platz am Durchgang zum Paddock ein. Auch mit ihr wiederholte sich die gleiche Szene. Harmony traute sich bis auf einige Meter heran, doch sobald Luna langsam auf sie zukam, lief Harmony davon. Schließlich kehrte auch Luna zur Herde zurück, die Harmony jetzt komplett zu ignorieren schien. Der Weg zum Paddock war frei.

Jennifer bemühte sich, Harmony dazu zu bewegen, den Paddock zu betreten. In der Tat schien ihre Stute nun etwas Mut zu fassen, vielleicht trieb sie auch der Hunger, und sie trabte ein paar Meter in den Paddock hinein. Sofort lösten sich ein paar Pferde aus der Herde und stürzten mit angelegten Ohren auf sie zu. Harmony ergriff sofort wieder die Flucht auf die Weide.

Jenny spürte, wie Verzweiflung in ihr hochstieg. Rays Worte kamen ihr in den Sinn. Er hatte gesagt, dass Harmony ein starkes Pferd war und sehr wohl in der Lage, ihren eigenen Weg zu gehen. Doch warum hatte er den Hof so wütend verlassen?

Sie wandte sich an ihre Stute: »Du schaffst das! Ich weiß, es sind eine Menge neue Pferde auf einmal, aber du wirst deinen Platz in der Herde finden, glaub mir. Hier auf der Weide bist du erst mal okay, du kannst selber schauen, wie viel Abstand du brauchst. Ich bringe dir noch mehr Heu und auch Wasser und morgen früh bin ich wieder bei dir.«

Harmony schnaubte. Sie schien mit der Situation nicht unzufrieden zu sein, blickte aus der Ferne sogar sehnsüchtig zum Paddock und zu den anderen Pferden hinüber. Ja, im Moment war sie scheinbar mehr an der Herde interessiert als die Herde an ihr, die sie weitgehend ignorierte. Außer dass Harmony jedes Mal aggressiv vertrieben wurde, wenn sie es wagte, an den Durchgang zum Paddock zu kommen.

Jennifer war mit dem ersten Morgenlicht um kurz nach sieben wieder auf dem Hof. Harmony stand allein auf der Weide unter einem Baum und döste, ein Teil der Herde fraß an den Heuraufen, der Rest hielt sich noch in den beiden Unterständen auf. Schon von Weitem erkannte sie Jenny und wieherte laut zur Begrüßung.

»Armer Schatz, du hast Hunger«, dachte Jenny und rupfte aus der Heuraufe, so viel sie tragen konnte. Als sie gerade mit dem Heu auf den Armen hinüber zur Weide gehen wollte, kam Margret Schmitz wütend aus dem Haus gestapft.

»Genug jetzt mit dem Theater. Du packst das Pferd in Watte. So wird die Herde sie nie annehmen. Die muss da jetzt rein und sich ihren Platz erkämpfen.«

Mit diesen Worten nahm die Stallbesitzerin der verdatterten Jennifer das Heu vom Arm und warf es auf den Boden, wo einige der Ponys sofort begannen, sich darüber herzumachen.

Jenny war wie gelähmt. Sie konnte nichts sagen und tun, nur hilflos zusehen, wie Margret Schmitz Harmony am Halfter auf den Paddock führte und den Durchgang hinter ihr mit zwei Holzbalken verschloss.

Sofort näherten sich Carlos und Luna, die bereits am Vortag versucht hatten, Kontakt aufzunehmen. Harmony war verschreckt am nun verschlossenen Durchgang zur Weide stehen geblieben. Die beiden Pferde schnupperten an ihr, während Harmony sich so weit wie möglich in die Ecke drückte. Plötzlich kamen noch mehr Pferde, um an ihr zu schnuppern. Ohne Fluchtmöglichkeit schien Harmony zu versteinern, doch Jenny konnte ihre ungeheure innere Anspannung spüren. Plötzlich drehte die Leitstute ihr den Hintern zu und begann, wie ein Trommelfeuer mit den Hinterhufen nach Harmony auszukeilen, die hilflos in der Ecke gefangen war.

Nach einer gefühlten Ewigkeit griff Margret Schmitz ein und vertrieb die Leitstute von Harmony. Auch die anderen Pferde zogen sich nun an die untere Heuraufe zurück.

Als die Stallbesitzerin an Jennifer vorbei in Richtung auf das Haus zurückging, rief sie ihr zu: »Ich sage dir noch mal: Lass sie in Ruhe. Das sind Pferde. Die machen das unter sich aus!«

Harmony stand immer noch zitternd in der Ecke. Jenny ging zu ihr, streichelte sie und sprach beruhigend auf sie ein. Nach einer Weile schien sich die Stute etwas zu entspannen und wagte sogar ein paar Schritte zur oberen Heuraufe. Jenny sah, dass sie lahmte, die Attacke der Leitstute hatte sie voll an der Hinterhand erwischt.

Carlos und Luna waren in Harmonys Nähe geblieben und stellten sich nun zwischen sie und die Herde, als wollten sie einen Schutzwall errichten. Endlich konnte Harmony etwas Heu fressen. Nach einer Weile bemerkte Jenny jedoch, dass die beiden sich zurückzogen. Eine ranghohe Stute löste sich aus der Herde, kam direkt auf Harmony zu und vertrieb sie mit Bissen und Tritten von der Heuraufe. Harmony zog sich humpelnd in ihre Ecke am Durchgang zur Weide zurück. Nachdem sich dieser Ablauf mit fast allen Pferden der Herde wiederholt hatte – Harmony humpelte zur Heuraufe, konnte ein wenig fressen, worauf sie wieder aggressiv vertrieben wurde –, kamen schließlich die Leitstute und der ranghöchste Wallach quer über den Paddock auf Harmony zu. Als sie etwa die Mitte des Platzes erreichten, löste sich Harmony von der Heuraufe und begann, in einem großen Kreis um die beiden herumzutraben und zu galoppieren. Bei unmerklichen Bewegungen der Leitstute wandte sie sich abrupt um und trabte oder galoppierte in die andere Richtung. Jennifer kam es vor, als erhalte sie gerade eine Roundpen-Demonstration von Pferd zu Pferd.

Wann immer Harmony sich in ihrer Ecke ausruhen wollte, schickte sie der Leitwallach in eine neue Runde, indem er mit angelegten Ohren einen Schritt auf sie zukam. Irgendwann stand Harmony schließlich mit gesenktem Kopf erschöpft in ihrer Ecke. Die beiden Pferde in der Mitte wandten sich ab.

Nach einer Weile kam der alte Wallach Carlos zu Harmony herüber und stellte sich still neben sie. Harmony stand einfach teilnahmslos da.

Jenny zerriss es das Herz, ihre Stute so zu sehen. Sie holte einen Eimer Wasser, von dem Harmony kaum etwas trank. Als sie ihr etwas Heu in ihre Ecke brachte und Harmony zögerlich zu fressen begann, kam sofort eines der Shettys mit gebleckten Zähnen auf sie zugelaufen und vertrieb sie von ihrem Heu, worauf Harmony ein paar Meter weghumpelte.

Jenny hatte sich noch nie in ihrem Leben so ohnmächtig gefühlt. Was sollte sie jetzt nur tun? Sie wagte nicht, den Übergang zur Weide wieder zu öffnen. Was würde das auch bringen? Harmony hatte dort kein Heu und kein Wasser und sie selbst war morgen bis um drei Uhr in der Schule. Doch hier auf dem Paddock ließen sie die anderen Pferde auch nicht ans Futter und Wasser. Ja, sie jagten die lahmende Stute sogar noch davon. Am liebsten hätte sie Ray angerufen, dass er Harmony sofort wieder abholen sollte. Aber das war keine Lösung, das wusste sie. Doch was dann?

Die Herde wird sie schon irgendwann akzeptieren, versuchte sie sich einzureden. Doch etwas sagte ihr, dass das nicht stimmte. Sie spürte, dass etwas bei dieser Integration ganz grausam falschgelaufen war. Ihre fröhliche, neugierige Harmony stand so apathisch und in sich gekehrt da, als sei etwas in ihr zerbrochen.

Am Boden

Gleich als sie nach Hause kam, zog Jenny sich in ihr Zimmer zurück und rief im Blue-Horse-Zentrum an. Betty nahm ab, und Jenny platzte heraus, ohne sie zu begrüßen: »Hier läuft alles schief. Die Stallbesitzerin hat Harmony einfach in die Herde geworfen und heute auch noch die Ausflucht zur Weide versperrt. Harmony ist immer nur vor den anderen Pferden weggelaufen, die sind sie total aggressiv angegangen und verjagen sie vom Heu. Sie kann schon nicht mehr und wird immer noch gehetzt. Was soll ich jetzt nur tun?«

Betty war für einen Moment still. Dann sagte sie: »Ray hat schon berichtet. Jenny, leider ist genau das eingetroffen, was ich befürchtet hatte: Die Stute ist offenbar mit der ganzen Herdensituation total überfordert. Das Problem ist, dass Harmony weiß, wie die soziale Interaktion mit Mama und auch mit ihren Schwestern geht, aber sie weiß noch nicht, wie eine gemischte Herde funktioniert. Bei ihrer Mutter hat sie sozusagen Welpenschutz genossen und unter ihr und ihren Schwestern gab es noch keine feste Rangordnung. Harmony hat einfach keine Ahnung, welches Verhalten von ihr in einer richtigen Herde erwartet wird. Und das wiederum löst bei den anderen Pferden Aggressionen aus.«

»Du meinst, sie ist ein Pferd, das die Pferdesprache nicht sprechen kann?«, gab Jennifer zurück.

»Sagen wir, sie kann noch nicht das ganze Vokabular. Sie muss jetzt lernen, die Sprache einer großen, gemischten Herde, die mit ganz vielen feinen Signalen von Über- und Unterordnung zu tun hat, zu lesen und sich selbst angemessen zu verhalten. Ich hätte ihr gewünscht, dass das nicht auf so eine brutale Art geschieht, aber jetzt muss sie da wohl oder übel durch.«

»Am liebsten würde ich sie da rausholen …«, schluchzte Jenny auf.

Plötzlich kam Ray, der offenbar mitgehört hatte, ans Telefon. »Jen, ich habe dir gesagt, dass der Weg von dir und Harmony jetzt erst beginnt. Ihr beide macht gerade Erfahrungen, die nicht so einfach zu verdauen sind. Aber ihr werdet beide daran wachsen. Harmony muss lernen, ihren Platz zu finden. Du tust ihr keinen Gefallen, wenn du ihr diesen Prozess ersparst.«

Jennifer beruhigte sich etwas. »Aber gibt es denn nicht irgendetwas, was ich tun kann, um ihr dabei zu helfen?«

Ray zögerte einen Moment. »Die Frage ist, was unter den gegebenen Umständen möglich ist, um ihren Stress zu verringern. An der Herdengröße kannst du nichts ändern, obwohl eine kleinere Gruppe für Harmony zu Anfang sicher besser gewesen wäre. Wichtig ist, dass sie stressfrei fressen kann. Da wären mehrere Fressplätze sicher besser, weil sie dann ihr Futterbedürfnis stillen kann, wenn sie Hunger hat, und nicht nur dann, wenn die anderen Pferde gerade mal die Heuraufe verlassen haben. Aber ich weiß nicht, was mit dieser Stallbesitzerin möglich ist. Auf jeden Fall solltest du dafür sorgen, dass der Zugang zur Weide wieder geöffnet wird, sodass Harmony sich zurückziehen und sich auch mal hinlegen kann. Schlafmangel vergrößert ihren Stress nur noch, und solange sie sich in der Herde nicht sicher fühlt, ist sie in erhöhter Alarmbereitschaft und wird höchstens etwas dösen.«

Jenny fühlte sich besser.

»Danke, Ray. Es ist so gut, dass es euch gibt. Ich weiß nicht, mit wem ich sonst darüber sprechen könnte.«

»Schon okay«, antwortete Ray. »Bleib in Kontakt.«

Als sie aufgelegt hatte, klopfte es leise an der Tür, und sie hörte die Stimme ihrer Mutter: »Alles in Ordnung, Jenny?«

Sie beschloss, ihrer Mutter nichts von Harmonys Schwierigkeiten zu verraten. Sie würde nur denken, dass es ein Fehler gewesen war, Jennifer das Pferd zu kaufen.

»Alles okay, Mama, ich liege schon im Bett«, versuchte sie, so normal wie möglich zu klingen.

Als Jenny um kurz nach fünf durch das Hoftor schlüpfte, war es noch stockdunkel. Sie musste vor der Schule einfach noch mal nach Harmony schauen. Plötzlich hörte sie ein Knurren. Arras! Sie wagte nicht, ihre Taschenlampe anzuknipsen, und blieb still stehen. Der Hund schnüffelte an ihrem Bein, während sie versuchte, einfach nur ruhig zu atmen. Irgendwann wandte er sich ab und trottete davon.

Jenny bemerkte, dass das Auto von Margret Schmitz nicht da war. Umso besser. Dann konnte sie tun, was zu tun war, ohne sich vor der Stallbesitzerin rechtfertigen zu müssen.

Am Eingang zum Paddock blieb sie stehen, leuchtete mit ihrer Taschenlampe ins Dunkel hinein und rief leise nach Harmony. Irgendwann hörte sie tatsächlich, dass ein Pferd sich näherte. Zu ihrer Überraschung trottete Carlos in den Schein ihrer Taschenlampe. Plötzlich tauchte Harmony in seinem Schlepptau auf, vorsichtig Schritt vor Schritt setzend. Sie litt offenbar starke Schmerzen.

Jennifer blieb das Herz stehen. Dieses Lahmen konnte nicht nur von den gestrigen Tritten der Leitstute gegen Harmonys Hinterhand kommen. Sie schien nun auch auf den Vorderbeinen zu lahmen. Was mochte nur in der Nacht passiert sein?

»Schalte deinen Kopf ein, Jennifer«, sagte sie zu sich selbst. »Was würden Ray und Betty jetzt tun?«

»Kühlen«, schoss ihr durch den Kopf. »Kühlen ist immer gut.«

Sie lief zu ihrem Schrank und holte einen kleinen Eimer, den sie mit eiskaltem Wasser füllte. Als sie zum Paddock zurückkam, stand Harmony immer noch mit gesenktem Kopf am selben Platz. Carlos war nicht von ihrer Seite gewichen. Jenny begann, mit einem Schwamm Harmonys Vorderbeine abzuwaschen. Nichts war geschwollen. Und trotzdem schien der Stute jeder Schritt große Schmerzen zu bereiten.

Es half nichts. Sie musste einen Tierarzt rufen! Aber

wen? Auf keinen Fall wollte sie Margret Schmitz fragen. Frau Hecker, sie konnte Frau Hecker anrufen und um den Namen der Tierärztin bitten, die immer zum Hoppenhof gekommen war.

Jennifer schaute auf ihr Handy. Es war Viertel nach sechs. Sie drückte auf die eingespeicherte Nummer. Tatsächlich meldete sich nach längerem Klingeln Frau Heckers verschlafene Stimme.

»Hallo, Frau Hecker, hier ist Jenny. Es ist ein Notfall. Ich brauche bitte sofort den Namen Ihrer Tierärztin«, schoss es aus ihr heraus.

Frau Hecker war offenbar über den frühen Anruf und die Dringlichkeit in Jennifers Stimme so verdattert, dass sie tatsächlich sofort Namen und Nummer der Tierärztin wiedergab.

»Danke, Frau Hecker. Ich kann Ihnen jetzt nichts erklären, aber vielen, vielen Dank!«, sprach Jenny atemlos ins Telefon und legte auf.

Dann wählte sie die Nummer der Tierärztin. Ein Anrufbeantworter sprang an, auf dem sie die Situation schilderte, die Adresse des Hofes angab und die Tierärztin bat, so bald wie möglich zu kommen.

Als sie aufgelegt hatte, bemerkte sie, dass es langsam hell wurde. Halb sieben. Eigentlich hätte sie jetzt losradeln müssen, um pünktlich zur ersten Stunde in der Schule zu sein. Doch daran war nicht zu denken. Sie konnte Harmony nicht allein lassen. Und vor allem musste sie da sein, wenn die Tierärztin kam!

Sie zog einen großen Arm voll Heu aus der Raufe und

schmiss ihn vor Harmony hin. Sie und der alte Carlos begannen gemeinsam zu fressen. Wenigstens schien Harmony einen Freund in der Herde gefunden zu haben.

Immer wenn sich eins der anderen Pferde, angelockt durch das Heu, den beiden näherte, vertrieb Jennifer es energisch mit Harmonys Führseil. Plötzlich kam ihr die Frage in den Sinn, die Ray ihr bei ihrem letzten Besuch im Blue-Horse-Zentrum gestellt hatte. »Hast du dich schon mal gefragt, wovor du Harmony so unbedingt beschützen willst?« Genau vor dem, was jetzt passiert war!

Die Tierärztin, Frau Dr. Becker, kam um halb elf. Sie schien erstaunt, ein 13-jähriges Mädchen allein vorzufinden, aber Jennifer schilderte ihr so eindringlich die Situation, dass sie mit der Untersuchung von Harmony begann. Als Jenny sie ein paar Schritte führen sollte, konnte sich die Stute kaum bewegen. Die Tierärztin diagnostizierte zunächst eine Prellung an der linken Hüfte. Das kam von den Tritten der Leitstute. Nachdem sie die Vorderbeine gründlich abgetastet hatte, schüttelte sie den Kopf.

»Die Lahmheit vorne kommt von den Hufen. Harmony hat eine sehr flache Sohle. Es kann sein, dass sich durch die Herumjagerei in der Herde die Huflederhaut etwas entzündet hat. Sie sollte jetzt auf weichem Untergrund stehen und sich so wenig wie möglich bewegen. Jeder Schritt ist äußerst schmerzhaft für sie.«

»Können Sie ihr irgendetwas gegen die Schmerzen geben?«, fragte Jenny verzweifelt.

Wieder schüttelte die Tierärztin den Kopf. »Ungern. Das

würde nur dazu führen, dass sie sich mehr bewegt, als ihr im Moment guttut. Das hier muss die Zeit heilen. Und Ruhe.«

In diesem Moment kam der Wagen von Margret Schmitz auf den Hof gerollt. Sie kannte offenbar Frau Dr. Becker, nickte einmal kurz herüber und verschwand dann im Haus. Jennifer hatte das unbestimmte Gefühl, als wolle sie eine Begegnung mit der Tierärztin vermeiden.

»Wohin darf ich die Rechnung schicken?«, wandte sich nun die Tierärztin an sie. Ein Schreck durchfuhr Jenny. Sie hatte gar nicht daran gedacht, dass der Tierarztbesuch ja Geld kostete. Egal. Jetzt war sowieso alles zu spät.

Sie gab die Adresse ihres Vaters an. Er würde schon verstehen, dass es absolut notwendig gewesen war, Frau Dr. Becker zu rufen.

Nachdem die Tierärztin den Hof verlassen hatte, kam Margret Schmitz aus dem Haus.

»Was wollte die hier?«, fuhr sie Jennifer an.

Jenny nahm all ihren Mut zusammen und blickte der Stallbesitzerin in die Augen.

»Harmony hat eine geprellte Hüfte und es besteht ein Verdacht auf Huflederhautentzündung. Sie muss weich stehen und darf sich nicht viel bewegen.«

Margret Schmitz schnaufte wütend durch die Nase. »Quatsch. Das heilt auch so. Wenn sie Schmerzen hat, bewegt sie sich von allein nicht.«

Jenny atmete tief durch, um die Tränen zurückzudrängen, die ihr in die Augen schießen wollten.

»Harmony wird von den anderen Pferden erbarmungslos gejagt. Sie kommt nicht ans Heu und ans Wasser. Sie braucht eine Ruhezone, um wieder gesund zu werden.«

Margret Schmitz zuckte gleichgültig mit den Schultern und wollte gerade gehen, als Jenny ihren Trumpf ausspielte: »Wenn Sie meinem Pferd nicht helfen, verlassen wir sofort Ihren Stall. Und ich werde mithilfe meiner Mutter, die Journalistin ist, dafür sorgen, dass überall bekannt wird, welchen groben Fehler Sie bei der Integration meiner Stute gemacht haben.«

Margret Schmitz funkelte sie wütend an. »Willst du mir drohen? Fehler bei der Integration? Du hast ja keine Ahnung von Pferden! Das sind keine Schoßhündchen. Die können das ab.«

Schon wollte die Stallbesitzerin sich abwenden.

»Sie haben keine Ahnung von Pferden!«, setzte Jenny nach. Ihr klopfte das Herz bis zum Hals, aber jetzt war alles egal. »Niemand schmeißt ein junges, unerfahrenes Pferd einfach so in eine große Herde. Das ist tierschutzwidrig. Und mein Vater wird sicher nicht begeistert sein, Tierarztrechnungen zu bezahlen, die durch Ihr Verschulden entstanden sind.«

Margret Schmitz kniff die Augen zusammen. Schließlich presste sie hervor: »Grenz ihr mit Litze ein Stück vom Unterstand ab!«, und stapfte davon.

Nachdem Jennifer Harmony ihren eigenen kleinen Paddock abgezäunt hatte und sie dort mit reichlich Heu und Wasser versorgt war, war es fast halb drei. Auf ihrem Handy waren vier Nachrichten von Kassie eingegangen.

Schon als sie die erste las, wurde ihr plötzlich heiß: »Wir haben in den ersten beiden Stunde Mathe geschrieben. Wo bist du???«

Mist! Die Mathearbeit hatte sie ganz vergessen. Das würde bei ihren Eltern sicher nicht gut ankommen. »Es war ein Notfall«, versuchte sie sich zu beruhigen. Irgendetwas sagte ihr jedoch, dass ihr Vater und ihre Mutter das ganz anders sehen würden …

Als sie in ihren Reitsachen die Wohnung betrat, fand sie zu ihrer Überraschung ihre Mutter in der Küche sitzen, als habe sie auf Jennifer gewartet.

»Muss mich grad umziehen«, murmelte Jenny und versuchte, sich in ihr Zimmer zu verdrücken, doch ihre Mutter kam ihr hinterher.

»Du warst heute nicht in der Schule.«

Jenny schwieg und schlüpfte in ihre Jeans.

»Jennifer, antworte mir!«

»Harmony war …«, setzte Jenny an, doch ihre Mutter unterbrach sie wütend.

»Harmony, Harmony, Harmony! Ich kann den Namen nicht mehr hören. Seit zehn Wochen bist du wie besessen mit diesem Pferd. Und seit wir es gekauft haben, ist es nur noch schlimmer. Es war der größte Fehler meines Lebens, dir darin nachzugeben!«

Nun verlor auch Jennifer die Beherrschung und schrie zurück: »Harmony ist krank. Ich musste heute Morgen die Tierärztin rufen, deshalb war ich nicht in der Schule. Die Stallbesitzerin ist die Hölle. Sie hat alles falsch gemacht bei der Integration, und ich habe keine Ahnung, wie es nun für Harmony weitergehen soll.«

»Tierarzt? Ich habe es doch gewusst, dass die Schwierigkeiten jetzt erst anfangen. Ich will dir eines sehr deutlich sagen, Jennifer, und dein Vater und ich sind uns da einig: Wenn wegen des Pferdes die Schule leidet, kommt es weg! Und wenn das Pferd noch mehr Kosten verursacht, kommt es auch weg!«

Mit diesen Worten lief Lena Burkhard wütend aus Jennifers Zimmer und schlug die Tür hinter sich zu. Jenny blieb wie betäubt auf ihrem Bett sitzen. Ihr Kopf war absolut leer.

Nach einer Weile griff sie mechanisch zu ihrem Handy und drückte auf die gespeicherte Nummer ihres Vaters. Die Mailbox sprang an und sie legte wieder auf.

Sie ging zu ihrem Fahrrad und fuhr einfach los. Nachdem sie eine Weile durch die kühle Oktoberluft gestrampelt war, löste sich der Nebel in ihrem Kopf etwas, und einzelne Fetzen aus der Auseinandersetzung mit ihrer Mutter hallten in ihr wieder: »… kann den Namen nicht mehr hören, … der größte Fehler meines Lebens, … kommt es weg.«

Ohne darüber nachzudenken, war sie den alten Weg zum Hoppenhof geradelt. Als die kleine Reitanlage in ihren Blick kam, stieg sie vom Rad und setzte sich auf einen Baumstamm, der am Weg lag. Das Mädchen, das noch vor gut zehn Wochen unbeschwert hier entlang zum Stall geradelt war, war eine andere Jenny gewesen. Harmony hatte ihr Leben, ja hatte sie selbst vollkommen verändert. Sie hatte ihr einen Geschmack von etwas geschenkt, das so schön und groß war, dass sie es kaum in Worte fassen konnte. Noch nie hatte sie sich einem anderen Wesen so nahe gefühlt, sich so bedingungslos geliebt gefühlt, wie durch ihre Stute. Und Ray hatte recht, das war erst der Anfang ihres gemeinsamen Weges. Sie ahnte, dass noch so viel möglich war zwischen ihnen; das durfte ihr keiner wegnehmen.

Jennifer atmete tief durch. Die Schule musste von nun an einfach laufen. Da durfte es keine Schwierigkeiten mehr geben.

Und Harmonys Gesundheit? Sie war bereit, alles zu tun, um ihrem Pferd dabei zu helfen, wieder gesund zu werden und seinen Platz in der Herde zu finden. Sie besaß die Kraft dazu, das konnte Jenny in diesem Moment ganz deutlich spüren.

Nach zwei Wochen in ihrem eigenen kleinen Paddock hatte sich Harmonys Fühligkeit auf den Vorderhufen gebessert. Die Tierärztin hatte wohl recht gehabt, dass es sich um eine Reizung der überanspruchten Huflederhaut gehandelt hatte, die nun langsam abheilte. Auch mental schien es Harmony gutzutun, einen Bereich für sich zu haben, der dennoch innerhalb der Herde lag.

Es gab immer wieder Kontakte mit anderen Pferden über die Absperrung hinweg, doch wenn es ihr zu viel wurde, konnte die Stute sich zurückziehen. Den alten Carlos sah Jennifer oft still an Harmonys Paddock stehen, manchmal lag er frühmorgens sogar davor, als wolle er ihr Gesellschaft leisten. Harmony stellte sich dann ebenfalls ganz dicht an die Absperrung, als suche auch sie seine Nähe.

Es wurde November. Jennifer radelte immer noch dreimal am Tag zum Stall, um Harmony Heu und Wasser zu bringen und ihren kleinen Paddock abzuäppeln – das erste Mal vor der Schule, ein weiteres Mal gleich nach Schulschluss und schließlich abends, bevor sie ins Bett ging. Zwischen ihren Besuchen bei Harmony saß Jenny in ihrem Zimmer und lernte für die Schule. Irgendwann fiel sie dann todmüde ins Bett.

Mit Margret Schmitz sprach sie nur das Nötigste, die Stallbesitzerin ließ sie einstweilen gewähren. Auch zu ihrer Mutter blieb das Verhältnis gespannt. Als sie einmal bemerkte »Du siehst blass aus«, zuckte Jennifer nur mit den Schultern. Was war bei einem Sechzehnstundentag anderes zu erwarten?

Ihre Freundin Kassie wurde da deutlicher. Nachdem sie anfangs herumgemault hatte, dass man Jenny gar nicht mehr erreichen konnte, fing sie an, sich zu sorgen: »Wie lange willst du dieses Programm eigentlich noch durchhalten?«

»Solange Harmony mich braucht«, war Jennifers knappe Antwort. »Außerdem ist es meine Sache«, fügte sie hinzu, und im selben Moment tat es ihr schon leid. Was konnte Kassie dafür, dass sie so überlastet war?

Doch wenn sie zu Harmony kam, wurde sie für alle Anstrengung entschädigt. Sobald Jenny mit lautem Fahrradgeklingel auf den Hof rollte, hob die Stute den Kopf und ließ ein helles, freudiges Wiehern hören.

Sie hatte Harmony von ihrem Ersparten Hufschuhe gekauft, denn sie hatte gelesen, dass sie fühlige Barhuf-Pferde entlasten konnten. Bald konnten sie erste kleine Spaziergänge im umliegenden Gelände unternehmen. Harmony hatte überhaupt kein Problem damit, den Paddock und den Hof mit den anderen Pferden hinter sich zu lassen und mit Jenny allein im Gelände unterwegs zu sein. Ganz im Gegenteil erkannte Jenny auf ihren Spaziergängen allmählich die Harmony wieder, die sie im Blue-Horse-Zentrum kennen- und lieben gelernt hatte: ein offenes, neugieriges und vertrauensvolles Pferd, das jede Gelegenheit, Neues zu lernen, mit großer Freude begrüßte.

Sie erforschten gemeinsam immer neue Wege, Jenny ließ Harmony nach Bedarf von Bäumen und Sträuchern knabbern oder Laub und verschrumpelte Hagebutten fressen, manchmal wollte sie sogar etwas von der von Wildschweinen aufgewühlten dunklen Erde kosten. Wenn Baumstämme am Wegesrand lagen, balancierte Jennifer darauf und ließ Harmony immer wieder daneben anhalten, um sich vorsichtig über ihren Rücken zu legen. Harmony spielte dann aufmerksam mit den Ohren, blieb aber ruhig stehen. Wenn sie zum Paddock zurückkehrten, wartete Carlos oft am Eingang auf Harmony und begrüßte sie mit einem tiefen Brummeln.

So war es auch an diesem Montag, an dem Jenny und Harmony lange unterwegs gewesen waren und den kalten, sonnigen Novembertag im Wald genossen hatten. Carlos begrüßte seine Harmony auf die gewohnte Weise, während Jenny das Tor zum Paddock hinter ihr schloss. Als sie sich umwandte, um Harmony zu ihrer abgegrenzten Zone zu führen, traute sie ihren Augen nicht: Die Absperrung war entfernt, ebenso der Wasserbottich und das Heunetz. Harmonys Ruhezone war einfach aufgelöst worden. Das war typisch Margret Schmitz, so etwas hinter ihrem Rücken zu machen.

Jennifer schluckte. Harmony war jetzt sechs Wochen hier. In ihrem abgesperrten kleinen Paddock hatte sie zum Schluss sehr entspannt gewirkt. Auch lief die Stute wieder klar, selbst ohne Hufschuhe. Dann musste sie eine vollständige Eingliederung in die Herde jetzt wohl oder übel riskieren.

Dicht gefolgt von Carlos trottete Harmony langsam zur Heuraufe herüber, an der sich ein paar Pferde aufhielten. Einige Meter davor blieb sie stehen und blickte mit gespitzten Ohren zu den Pferden herüber, von denen jedoch keine Reaktion kam. Als sie sich wieder in Gang setzte und der Raufe näherte, hörte das Pferd auf der ihr zugewandten Seite auf zu fressen und schnappte mit angelegten Ohren zu ihr herüber, ohne sich allerdings von seinem Platz wegzubewegen.

Harmony hielt wieder inne. Dann ging sie erneut ein paar Schritte auf die Heuraufe zu. Sie war nun nur noch einen guten Meter entfernt und machte einen langen Hals, um an ein paar Halme zu kommen. Das andere Pferd machte wieder eine Drohgebärde, und Harmony wich ein paar Schritte zurück, um sich gleich darauf wieder der Raufe zu nähern. Nachdem sie sich noch ein paar Mal so angenähert hatte, blieb sie schließlich an der Raufe stehen und begann vorsichtig zu fressen. Jenny atmete erleichtert auf. Das sah doch gar nicht schlecht aus …

Plötzlich stürmte die Leitstute von der anderen Seite mit

angelegten Ohren um die Raufe herum und vertrieb alle Pferde. Nach ein paar Minuten hatte sich der so entstandene Tumult gelegt und die anderen Pferde fraßen wieder. Nur Harmony konnte keinen Platz mehr an der Raufe ergattern. Sie blieb ein paar Meter entfernt stehen und sah den anderen Pferden irritiert beim Fressen zu.

»Wenigstens wird sie jetzt nicht mehr gejagt«, versuchte Jenny sich zu beruhigen.

Doch in den nächsten Wochen konnte sie ähnliche Szenen immer wieder beobachten: Waren die Heuraufen mit Pferden besetzt – insbesondere wenn nur noch eine Raufe gefüllt war, weil Margret Schmitz gerade mal wieder nicht da war oder es nicht für nötig hielt, einen Heuballen in die zweite Raufe zu setzen –, kam Harmony nur kurz zum Fressen, um bald darauf wieder von einem ranghöheren Pferd weggescheucht zu werden. Selbst die Shetlandponys konnten sie von der Raufe vertreiben. Daraufhin stand sie allein in der Mitte des Paddocks und schlug unwillig mit dem Kopf. Sie schien dann innerlich stark unter Spannung zu stehen und schnappte sogar grundlos nach ihrem treuen Carlos.

Auch entwickelte Harmony in den schwarzen Fellbereichen zunehmend weißes Stichelhaar, sodass nach und nach ganze Flächen ergrauten.

»Sie ist frustriert und gestresst, weil sie nicht in der Herde ankommt«, war Joys Kommentar, als Jenny ihr davon berichtete.

»Ich glaube, du hast recht«, gab Jenny zu. »Ich habe beobachtet, dass ihre Pferdeäpfel oft nicht rund und fest sind und beim Äpfeln Wasser mit herauskommt.«

»Kotwasser«, bemerkte Joy. »Ein weiteres Zeichen für Stress.«

Trotzdem gab es auch Anzeichen, dass Harmony in der Herde wenn noch nicht integriert, so doch allmählich geduldet war. Sie durfte nachts mit den anderen Pferden im Unterstand stehen, und wenn die ganze Herde auf die kahl gefressene Weide zog, durfte Harmony mit ihnen gehen.

»Gib ihr Zeit«, war alles, was Joy ihr raten konnte.

Doch Jennifer hatte das Gefühl, genau das nicht mehr zu haben. Sie war davon besessen, alles zu tun, um Harmonys schlechten Start in der Herde wettzumachen. Auch wenn sie die Stute seit der Auflösung ihres separaten Paddocks nicht mehr dreimal am Tag versorgen musste, verbrachte sie jeden Nachmittag viele Stunden in der Dezemberkälte damit, ihr Fressgelegenheiten zu verschaffen und zu beobachten, wie sich Harmony in der Herde entwickelte. Gleichzeitig war Jenny von dem festen Willen getrieben, ihren Eltern keinen Grund zu geben, ihr die Stute wegen schlechter Schulnoten wegzunehmen.

»Selbst meiner Mutter ist schon aufgefallen, wie oft du abends bei uns anrufst, um mit mir irgendwas zu den Hausaufgaben zu besprechen«, ermahnte Kassie die Freundin mit besorgter Stimme.

»Wenn das mal alles wäre«, antwortete Jenny müde. »Wenn ich die Hausaufgaben habe, kommt noch das Lernen, wenn wir eine Arbeit schreiben. Oft komme ich nicht vor Mitternacht ins Bett.«

»Wie hältst du das nur durch?«, entgegnete Kassie.

Jennifer zuckte mit den Schultern. »Weiß auch nicht. Muss einfach.«

Kassie zögerte einen Moment. »Du, Jenny, darf ich dich was fragen? Musst du wirklich jeden Nachmittag zu Harmony? Ich habe von Pferden ja keine Ahnung, aber kann sie nicht mal ohne dich? Sie ist doch ein Pferd und ist da mit ihren Pferdekumpels zusammen, oder?«

Jenny schüttelte den Kopf. Von außen gesehen hatte Kassie ja recht, natürlich konnte sie Harmony auch mal einen Nachmittag nicht besuchen. Aber gleichzeitig konnte sie es auch nicht. Sie konnte es sich selber nicht erklären. In ihr gab es so etwas wie einen Zwang, die Stute jeden Tag zu sehen und alles in ihrer Macht Stehende zu tun, damit es ihr gut ging.

Doch langsam musste Jennifer sich eingestehen, dass sie nicht länger durchhalten konnte. Abends über den Schulbüchern fielen ihr die Augen zu, und sie hatte trotz aller Anstrengung schon ein paar schlechte Arbeiten zurückbekommen, weil sie sich vor lauter Erschöpfung einfach nichts hatte merken können. Auch in der Bodenarbeit mit der Stute, die sie nun jeden Tag in der Halle durchführte, war sie oft unkonzentriert, und Harmony spiegelte ihr das wider, indem sie nervös und gereizt reagierte.

»Ich werde keinem mehr gerecht«, dachte Jenny verzweifelt. »Weder der Schule noch Harmony, und am wenigsten mir selbst!«

Die Entdeckung der Seelensprache

Für Jenny war von Anfang an klar gewesen, dass sie Harmony nach Möglichkeit nicht beschlagen, sondern barhuf laufen lassen wollte. Auf den entsprechenden Internetseiten fand sie eine Hufpflegerin in ihrer Nähe, die Anfang Dezember zu ihr kam, um die Hufe der Stute zu bearbeiten.

Beim Ausschneiden der Vorderhufe bröckelte Harmonys Sohle stark ab, und darunter zeigten sich Stellen, die wie von getrocknetem Blut durchsetzt schienen. Die Barhuf-Pflegerin, eine junge Frau Ende zwanzig, die sich als Iris vorgestellt hatte, versuchte zu beruhigen: »Das sind alte Einblutungen, man nennt sie Blutgallen. Wahrscheinlich von der Lederhautentzündung, die sie anfangs hier hatte. Die müssen jetzt einfach rauswachsen.«

Im Strahl der Hinterhufe entdeckte Iris beim Ausschneiden jedoch auf beiden Seiten frische Blutergüsse. Auch waren Harmonys hintere Fesseln seit einigen Tagen geschwollen und die Hinterhufe insgesamt warm.

»Diese Einblutungen sind nichts Altes. Das kommt möglicherweise vom Stoffwechsel. Darauf deuten auch die Schwellung der hinteren Fesseln und die warmen Hufe hin«, meinte Iris mit kritischem Blick.

Jenny spürte ein Gefühl von Übelkeit in sich aufsteigen. »Ist das schlimm?« fragte sie mit dünner Stimme.

Die Hufpflegerin schüttelte den Kopf.

»Hoffentlich entwickelt sie keine Hufrehe, obwohl die Hinterhufe dafür eigentlich untypisch wären. Ich würde auf jeden Fall mal jemanden da draufgucken lassen.«

Jennifer fühlte sich, als balanciere sie auf einem dünnen Seil, das jeden Augenblick reißen konnte. Sie hatte Angst, die Tierärztin zu rufen. Nach dem Theater um die Rechnung von Frau Dr. Becker im Oktober konnten weitere Kosten das Aus für sie und Harmony bedeuten. Doch beim Surfen durch unzählige Internetforen, auf denen sich Pferdebesitzer über die Krankheiten ihrer Lieblinge austauschten, musste sie einsehen, dass sie so nicht weiterkam. Was sie dort las, ließ sich nicht verallgemeinern. Und war ohnehin nur von Laien geschrieben, die meistens auch nicht viel mehr Ahnung hatten als sie selbst.

Einer plötzlichen Eingebung folgend, gab sie in der Suchmaschine ihres Computers ein: »Tierheilpraktikerin, Pferde, Frankfurt«. In den Ergebnissen entdeckte sie eine Adresse in ihrer Nähe.

Die Frau am Telefon hörte sich freundlich alles an und meinte dann: »Ich kann deiner Stute ein homöopathisches Mittel zur Entgiftung und Leberentlastung mischen. Damit sollten ihre Beschwerden bald zurückgehen.«

»Wollen sie denn gar nicht vorbeikommen und Harmony ansehen?«, fragte Jennifer erstaunt.

»Das ist nicht nötig. Während wir telefoniert haben, habe ich schon mit ihr Kontakt aufgenommen, und sie hat mir kommuniziert, was sie jetzt braucht.«

Jenny schwieg einen Augenblick. Sie wusste nicht, was sie von dem eben Gehörten halten sollte.

»Und wenn ich dir einen guten Rat geben darf«, setzte die Frau hinzu, »dann kümmere dich mal mehr um dich. Dein System ist sehr erschöpft und braucht dringend Erholung.«

Jetzt war Jenny wirklich sprachlos. »Woher wissen Sie das?«, fragte sie verdattert.

Die Frau lachte kurz auf. »Das ist für mich einfach sehr deutlich wahrnehmbar.«

Zwei Tage später kam ein kleines Päckchen mit dem Mittel für Harmony und einer Rechnung über 22 Euro. Jennifer war erleichtert. Das konnte sie sogar von ihrem Taschengeld bezahlen. Hoffentlich half es!

Doch schon am nächsten Tag kam ein weiterer Schlag. Als sie Harmony in der Halle traben ließ, stieß die Stute immer wieder ein trockenes Husten aus. Jenny wusste von ihrer Zeit auf dem Hoppenhof, dass ein hustendes Pferd eine ernst zu nehmende Sache war. Es konnte ein akuter Infekt sein oder auch eine Allergie. In jedem Fall war es behandlungsbedürftig, wenn der Husten nicht nach ein paar Tagen von allein wieder verschwand. Und das tat er nicht, ganz im Gegenteil. Harmony begann bald auch im Schritt zu husten und sogar, wenn sie einfach nur auf dem Paddock stand.

Jenny dachte fieberhaft nach. Ihr Gefühl sagte ihr, dass sie nun wirklich dringend einen Tierarzt brauchte. Ihr Vater war seit Wochen auf Geschäftsreise in Asien, sie konnte ihn also nicht fragen. Und ihre Mutter? Seit ihrer großen Auseinandersetzung im Oktober war das Verhältnis angespannt geblieben. Jennifer tat, was von ihr erwartet wurde, aber sie ließ ihre Mutter nicht mehr in ihre innersten Gedanken und Gefühle ein, die sich fast ausnahmslos um Harmony drehten. Die Mutter schien das zu respektieren und so gingen sie sich weitestgehend aus dem Weg.

Sollte sie vielleicht erneut die Tierheilpraktikerin verständigen? Die war wenigstens bezahlbar. Doch Jenny war sich unsicher, ob sie Harmony wirklich helfen konnte. Wie konnte sie aus der Ferne mit Harmony Kontakt aufnehmen und sehen, was ihr fehlte? Und doch – wie hatte sie so genau über ihren und Jennifers Zustand Bescheid gewusst?

Jenny dachte daran, wie sie selbst in letzter Zeit oft mit ihrer Stute kommunizierte. Sie hatte sich angewöhnt, Harmony einfach die Hände auf den Rücken oder an Kopf und Hals zu legen und ruhig zu atmen. Harmony fiel dann innerhalb kürzester Zeit in eine Art Tiefenentspannung, die sich von ihrem normalen Dösen zu unterscheiden schien. Ihre Augen blieben offen, wurden merkwürdig blicklos, als weile sie an einem sehr weit entfernten oder zutiefst inneren Ort. Jenny war es dann, als sei es Harmony, die sie in diese stillen Tiefen einlud und begleitete. In diesen Momenten des Miteinanders fühlte sie sich ganz verbunden, ja eins mit ihrer Stute, und alle Probleme schienen an dem Ort, an dem sie so gemeinsam verweilten, nicht zu existieren.

»Glaubst du, dass man aus der Ferne etwas über ein anderes Wesen, egal ob Mensch oder Tier, erkennen kann?«, fragte Jenny betont beiläufig ihre Mutter. Es war eine der seltenen Gelegenheiten, in der sie sich in der Küche über den Weg liefen.

Lena Burkhard wandte sich Jennifer aufmerksam zu. »Du interessierst dich für telepathische Kommunikation?«

»Ich mache darüber ein Referat …«, stammelte Jenny, die sich irgendwie ertappt fühlte. »In Bio«, als mache das ihre Erklärung glaubwürdiger.

Wenn die Mutter die Fadenscheinigkeit ihrer Ausrede bemerkt haben sollte, gab sie es nicht zu erkennen.

»Witzig, dass du das fragst. Ich arbeite gerade an einem Artikel zum Thema geistiges Heilen. So etwas scheint es in der Tat zu geben, auch wenn wir keine wissenschaftliche Erklärung dafür haben. Natürlich gibt es auch viele Scharlatane, aber einige Heiler haben bemerkenswerte Erfolge.«

Jenny horchte interessiert auf.

»Meinst du, das geht auch mit Tieren?«

»Frag doch gleich, ob das auch mit Pferden geht«, lachte ihre Mutter auf.

»Und?«, fragte Jenny drängend nach.

Lena Burkhard zuckte mit den Schultern. »Ich wüsste nicht, warum nicht. Kommt halt darauf an, jemanden zu finden, der wirklich weiß, was er tut.«

»Und woran erkennt man so jemanden?«, hakte Jennifer nach. Sie fühlte sich plötzlich hellwach und gespannt wie ein Flitzebogen.

Die Mutter blickte sie ernst an. »Jenny, ich wünsche mir …«

»Kannst du mir helfen, so jemanden zu finden, oder nicht?«, unterbrach Jennifer barsch. Sie war selber erschrocken über ihren Ton. Doch in ihr war so viel Anspannung, dass sie sich einfach nicht unter Kontrolle hatte.

Ihre Mutter blickte sie lange still an. Wenn sie Jennifers heftige Reaktion verletzt hatte, ließ sie sich das nicht anmerken.

»Du hast dich in den letzten zwei Monaten sehr verändert. Ich rede nicht nur davon, dass du spindeldürr geworden bist und dunkle Ringe unter den Augen hast. Du bist mit den Nerven total runter und stößt Menschen, die dir nahe sind, vor den Kopf.«

Jenny öffnete den Mund, um sich zu verteidigen, doch im selben Moment wusste sie, dass ihre Mutter recht hatte.

Durch Jennys Schweigen ermutigt, fuhr sie fort: »Es kommt mir vor, als hättest du dich in einen Panzer eingeschlossen, zu dem niemand mehr Zugang hat außer Harmony.«

Lena Burkhard machte eine Pause, als ob sie innerlich mit sich ringe. Schließlich sagte sie leise: »Jenny, wir sorgen uns sehr um dich.«

»Du meinst, du sorgst dich um mich«, entgegnete Jennifer.

»Ich habe sehr bewusst wir gesagt.«

»Papa ist doch seit Wochen auf Geschäftsreise; er kriegt

überhaupt nicht mit, was hier passiert. Und du denkst immer nur an dein Magazin und deine Artikel. Und wenn du mit mir redest, dann machst du mir Druck wegen der Schule oder wegen Harmony!«, brach es aus Jenny heraus.

»Es tut mir leid, wenn du das so empfindest. Ich will dich nicht unter Druck setzen. Druck ist sicher das Letzte, was du jetzt gebrauchen kannst.«

Lena Burkhard blickte Jenny in die Augen, und sie konnte spüren, wie sie sich ihrer Mutter zu gern einfach in die Arme geworfen hätte.

Doch etwas in ihr wollte weiterkämpfen. »Ich weiß nicht, worüber du dich beschwerst!«, entgegnete sie trotzig. »Ihr wolltet doch, dass ich gut funktioniere, und das tue ich.«

Ihre Mutter ließ sich auch diesmal nicht zu einer Gegenreaktion provozieren, sondern schüttelte nur traurig den Kopf. »Frau Furtwängler hat mich angerufen und gefragt, ob du irgendwelche Probleme hast. Sie sagt, dass du dich wahnsinnig anstrengst, alles gut zu machen, aber sie sieht, dass du gerade vollkommen überfordert bist. Kassie hat sich bei mir gemeldet und mich gebeten, mal mit dir zu reden, weil sie einfach nicht mehr an dich rankommt.«

»Verräterin«, zischte Jenny.

Doch Lena Burkhard fuhr unbeirrt fort. »Selbst Joy hat mir geschrieben, dass sie sich sorgt, wie lange du noch so weitermachen kannst. Und was deinen Vater angeht: Auch wenn wir uns persönlich nicht mehr viel zu sagen haben, wollen wir beide für unsere Tochter nur das Beste. Ich habe mit Klaus in den letzten Wochen regelmäßig per Skype darüber geredet, was wir tun sollen.«

Jenny war überwältigt. So viele Menschen machten sich Gedanken um sie? Dann war sie vielleicht gar nicht so allein mit allem, wie sie gedacht hatte?

Es stimmte, was ihre Mutter gesagt hatte. Sie konnte noch nicht mal mehr funktionieren, weder in der Schule noch bei Harmony. Selbst dazu war sie mittlerweile zu erschöpft.

Doch da war in ihr noch ein Rest von Widerstand, der einfach rausmusste. »Und zu welchem Ergebnis seid ihr gekommen, du und Papa? Mir Harmony wieder wegzunehmen?«, schoss sie patzig zurück.

»Das ist deine größte Angst, nicht wahr? Harmony zu verlieren.«

Als diese Worte ausgesprochen waren, brach etwas in Jennifer auf. Sie konnte auf einmal genau die Angst spüren, die hinter all ihren Sorgen und Anstrengungen der letzten Monate gestanden hatte. Sie fühlte sich vollkommen hilflos. Sie hatte versagt. Sie hatte ihre wundervolle Harmony schutzlos ausgeliefert, oder zumindest nichts dagegen unternommen, dass es geschah. Und musste nun in grenzenloser Ohnmacht zusehen, dass Harmony immer kränker wurde und niemand ihr helfen konnte.

Die Mutter schien irgendwie zu spüren, was in ihr vorging, und öffnete einfach nur die Arme. Endlich konnte Jenny innerlich loslassen und sich von ihrer Mutter umarmen lassen. Erinnerungen an ihre Kindheit stiegen in ihr auf, wie sie die gleiche Ohnmacht und Verzweiflung gefühlt hatte, als ihre Eltern sich scheiden ließen. Es war damals, wie in einem grenzenlos tiefen Ozean zu versinken, und in ihr hatte sich die Überzeugung festgesetzt, dass sie allein schuld war. Dass sie irgendetwas getan oder nicht getan hatte, sodass sie die Eltern als Paar verlor und die Familie auseinanderbrach.

»Du kannst Harmony nicht vor allem Schlechten dieser Welt bewahren«, murmelte ihre Mutter, während sie Jennifer weiter in den Armen wiegte. Und dann setzte sie hinzu: »Du kannst ihr vor allem nicht das geben, was du vielleicht in deiner eigenen Kindheit gebraucht hättest.«

»Woher weißt du das?«, nuschelte Jenny, ohne das Gesicht von der Schulter ihrer Mutter zu nehmen.

»Eltern wollen für ihr Kind immer das Beste. Du willst, dass es behütet aufwächst, willst alle Probleme von ihm fernhalten. Aber das Leben geht leider oft andere Wege. Dein Vater und ich sind einfach zu verschieden. Es hat nicht gepasst, sosehr wir uns auch bemüht haben.« Lena Burkhard verlor sich für einen Moment in irgendeiner Ferne. Dann wandte sie sich Jennifer zu. »Es hatte nichts mit dir zu tun, dass wir uns getrennt haben. Ganz im Gegenteil. Du bist der Grund, dass wir es überhaupt so lange miteinander versucht haben.«

Jennys Gesichtsausdruck war überrascht und noch etwas ungläubig zugleich. »Meinst du das wirklich?«

Die Mutter lachte auf. »Natürlich!« Sie drückte Jenny fest in ihren Armen. »Und jetzt machst du dir keine so dummen Gedanken mehr!«

Jennifer redete es sich einfach von der Seele. All ihre Sorgen und Ängste um Harmony, all die Schwierigkeiten mit der Stallbesitzerin und der ganzen Herdensituation, all den

Druck, dass Harmony keine weiteren Kosten verursachen durfte, all den Stress, trotz ihrer Erschöpfung in der Schule gute Leistungen zu bringen, und all die Ohnmacht und Überforderung, sich mit der Situation völlig allein zu fühlen; aber auch all ihre unendlich tiefe Liebe und Verbundenheit zu ihrem Pferd.

Als sie alles ausgesprochen hatte und sich vollkommen leer, aber auch irgendwie besser fühlte, schüttelte ihre Mutter langsam den Kopf. »Jenny, ich muss mich bei dir entschuldigen. Ich hatte keine Ahnung, wie belastend die letzten zwei Monate für dich waren. Bitte lass uns in Zukunft über alles offen reden. Wenn ich eines verstanden habe, dann dass du und dieses Pferd zusammengehören.«

Jenny traute ihren Ohren kaum. »Du willst mir wirklich helfen?«

Lena Burkhard zuckte mit den Schultern. »Für irgendetwas muss es ja gut sein, eine Mutter zu haben, die Journalistin ist.«

»Und was machen wir jetzt?«

»Ich schlage vor, wir verfolgen die Spur, auf der du schon bist. Wir finden einen Tierarzt, der Pferde auf geistige Weise heilen kann.«

Tierkommunikatoren und -heiler gab es wie Sand am Meer, doch keiner von ihnen schien seine Gabe mit einem fundierten Veterinärwissen zu verbinden. In der Zwischenzeit wurde Harmonys Husten immer schlimmer. Die Stute stand nun häufig mitten auf dem Paddock und wurde von langen Hustenattacken gequält. Jenny hatte die Tierheilpraktikerin noch einmal angerufen und von ihr einen Hustensaft mit Efeuextrakt empfohlen bekommen, doch es zeigte sich keinerlei Besserung. Ray empfahl ihr, Harmonys Heu zu waschen, falls es sich um einen allergischen Husten handeln sollte, doch unter den Haltungsbedingungen des Offenstalls, wo alle Pferde aus denselben Heuraufen fraßen, war das unmöglich. Die Stute hustete immer schlimmer. Selbst Margret Schmitz ließ sich zu einem Kommentar herab: »Wenn der Gaul mit der Husterei nicht bald die Kurve kriegt, wird es chronisch, und dann Prost Mahlzeit.«

Eines Freitagnachmittags kam Lena Burkhard schließlich freudestrahlend mit einer Telefonnummer nach Hause.

»Ich habe eine heiße Spur! Eine Kollegin aus der Redaktion hat mir von einem Tierarzt erzählt, der irgendwo im tiefsten Spessart sitzt und angeblich auch auf geistige Weise behandelt. Sozusagen das Beste aus beiden Welten. Sein Name ist Michael Bauer, und ich habe schon versucht, ihn anzurufen. Es geht aber keiner ans Telefon.«

Jenny blickte ihre Mutter an. Beide schienen in dem Moment den gleichen Gedanken zu haben: »Wir fahren hin!«

Die Wegbeschreibung der Kollegin führte die beiden nach einer Kurvenfahrt durch endlosen Wald an den Eingang eines schmalen Tals, das noch nicht einmal vom Navigationsgerät angezeigt wurde.

»Bist du sicher, dass wir hier reinmüssen?«, fragte Jenny zweifelnd angesichts des ungeteerten Wegs, der vor ihnen lag.

»Sicher bin ich nicht, aber was haben wir schon zu verlieren? Das Schlimmste ist, dass wir auf einem Holzweg gelandet sind und den ganzen Weg wieder zurücksetzen müssen.«

Als sie den schmalen Weg entlangholperten, setzte leichter Schneefall ein.

»Der erste Schnee!«, rief Jenny freudig aus. »Zwei Tage vor Weihnachten …« Seit sie ihre Mutter mit im Boot wusste, fand sie gelegentlich wieder in ein Gefühl von Leichtigkeit und Unbeschwertheit zurück.

Innerhalb weniger Minuten verstärkte sich der Schneefall zu einem dichten Treiben, in dem sie sich Meter um Meter vorwärtsschoben. Schließlich schien sich der Weg auf eine kleine Lichtung zu öffnen, in der sie die Umrisse eines Holzhauses ausmachen konnten.

»Und du bist sicher, dass der seriös ist?«, war Jennifers zweifelnde Stimme zu hören.

»Meine Kollegin schwört auf ihn. Sie sagt, sie kennt niemanden sonst, in dem sich tierärztliches Wissen und heilerische Intuition auf so tiefer Ebene vereinen«, gab Lena Burkhard zurück. »Also los. Bei dem Wetter kommen wir hier sowieso erst mal nicht mehr weg.«

Es schien keine Klingel zu geben und so klopfte Jennys Mutter kräftig an der Tür. Nachdem niemand antwortete, drückte sie die Klinke herunter, und zu ihrer beider Überraschung ging die Tür auf.

Sie traten vorsichtig ein und fanden sich in einem geräumigen Flur. Das Haus, wahrscheinlich ein altes Forsthaus, war größer, als es von außen ausgesehen hatte.

Gerade als Lena Burkhard ansetzen wollte, zu rufen, hörten sie eine Männerstimme: »Wenn ihr schon so weit gekommen seid, dann bleibt doch gefälligst nicht im Flur stehen!«

Sie folgten der Stimme in eine geräumige Wohnküche. An einem knorrigen Holztisch saß ein kräftiger Mann von Anfang fünfzig vor einem Stapel von Papieren. Nun schob er sie zur Seite und deutete auf zwei Stühle. »Setzt euch. Der Tee ist gleich fertig.«

Es schien fast, als habe er ihr Kommen erwartet.

»Mein Name ist übrigens Michael. Michael Bauer.«

Er streckte seine Hand Jenny entgegen. »Und du bist …«

Verdattert nannte Jennifer ihren Namen.

Dann wandte er sich ihrer Mutter zu. Sonst niemals um ein Wort verlegen, schien auch sie so perplex, dass sie gerade mal ihren Namen herausbrachte. »Lena Burkhard. Ich meine … Lena.«

»Schön, Jenny und Lena. Ich freue mich, dass ihr hierhergefunden habt. Was kann ich für euch tun?«

»Meine 3-jährige Paint Stute Harmony hustet seit zwei Wochen ganz schlimm. Außerdem hat sie geschwollene Beine, Einblutungen in den Hufen und ist plötzlich am ganzen Körper ergraut. Und sie schlägt immerzu unwillig mit dem Kopf; ich glaube, sie hat innerlich viel Stress …«

»Hat sie«, schnitt Michael ihr das Wort ab. »Sie hat keinerlei soziale Kompetenz in der Herde. Sie ist vollkommen überfordert, weil sie einfach nicht versteht, wie die Herde funktioniert und was ihre Rolle darin ist.«

Der Tierarzt und Heiler machte eine kurze Pause und fuhr dann fort. »Hinzu kommt, dass Harmony in all ihrer

Unerfahrenheit innerlich ein sehr starkes Pferd ist. Es führt bei ihr zu einer Menge Frustration, wenn sie zum Beispiel nicht ans Heu kommt, weil die höherrangigen Pferde sie ständig vertreiben.«

Jenny verschlug es die Sprache. In wenigen Sätzen hatte Michael Harmonys Situation auf den Punkt gebracht. Woher konnte er das so genau wissen?

Nun schaltete sich Lena Burkhard ein. »Ich bin Journalistin und würde Sie liebend gerne darüber ausquetschen, wie Sie jetzt gerade zu diesen erstaunlichen Informationen gekommen sind. Aber wir sind vor allem hier, weil wir Hilfe brauchen. Deshalb frage ich Sie jetzt ganz direkt: Können Sie Harmony helfen?«

Michael lächelte. »Das ist meine Berufung. Pferden und ihren Menschen zu helfen. Ob die Hilfe im Einzelfall angenommen wird, steht auf einem anderen Blatt. Doch Harmony ist sehr offen für Unterstützung. Sie will wieder gesund werden, das sagt sie mir sehr deutlich.«

»Sie meinen … äh, du meinst, Harmony spricht gerade mit dir?«, fragte Jenny verdattert nach.

Michael erhob sich, um den kochenden Teekessel vom Holzofen zu nehmen und eine große Kanne aufzugießen. Bald war die ganze Küche mit dem Duft von Kräutern erfüllt.

Nachdem er vor Jenny und ihre Mutter jeweils eine große Tasse Tee gestellt hatte, kam er auf Jennys Frage zurück. »Sagen wir, sie kommuniziert mit mir auf der Seelenebene. Um euch ihre Kommunikation zu übermitteln, benutze ich Worte.«

Jennifers Mutter war anzusehen, dass sie hin- und hergerissen war zwischen ihrem professionellen Interesse an diesem ungewöhnlichen Mann und der aufrichtigen Sorge um Harmonys Gesundheit. »Und was ist mit dem Husten?«

Michael lehnte sich zurück und wurde eine Zeit lang still, wobei er tief nach innen zu blicken schien. Dann antwortete er: »Da ist ein altes Muster von Anspannung in den unteren Kehl- und oberen Brustmuskeln, die den lymphatischen Rückfluss zum venösen System einschränken. Das macht die Luftröhre und oberen Lungen aufgrund der reduzierten Immunreaktion anfällig für Infektionen und allergische Überreaktionen. Darum ist es schwer für sie, den Husten zu lösen. Dazu kommt eine gewisse Reizung der Nasenschleimhäute aufgrund einer allergischen Überreaktion auf aerogene Reizstoffe, wahrscheinlich Staub oder Schimmelsporen im Heu.«

Lena Burkhard hörte ihm fasziniert zu. »Und das alles können Sie …, ich meine, kannst du jetzt so einfach sehen?«

Michael zuckte mit den Schultern. »Das ist eine Frage der Übung.«

Jenny mischte sich ein. »Wo kommt das denn alles her? Vor drei Monaten war sie doch noch ein vollkommen gesundes Pferd.«

»Ich kann deine Frage auf unterschiedlichen Ebenen beantworten. Rein medizinisch gesehen hat der Herdenstress eine bereits vorhandene Allergiebereitschaft aktiviert, sodass sie jetzt überreagiert – ich nehme an, dass darüber hinaus das Heu in ihrem Stall keine besonders gute Qualität hat. Doch das ist noch nicht alles. Mit dem unteren Kehl- und oberen Herzmuskelbereich ist auf energetischer Ebene das sogenannte Herzzentrum verbunden. Harmony hat in den ersten Tagen in der neuen Herde große Ängste ausgestanden, die nun ihr Herzzentrum blockieren. Sie hat dort einfach dichtgemacht, um sich zu schützen. Der Husten ist ein körperlicher Ausdruck dieser Enge ums Herz.«

Jenny schossen Tränen in die Augen. Die schrecklichen Bilder der missglückten Herdenintegration, Harmonys Panik und Erschöpfung standen ihr wieder lebhaft vor Augen. Sie flüsterte: »Kannst du sie wieder gesund machen?«

»Nur, wenn du mir dabei hilfst, Jennifer.«

Jenny blickte ihn fragend an.

Michael fuhrt fort: »Weißt du, nicht nur du hast dir Harmony ausgesucht. Noch mehr hat sie dich ausgesucht! Ihr beide habt eine sehr besondere Verbindung. Die eine trägt die Sorgen und Ängste der anderen und umgekehrt. Deshalb könnt ihr auch nur beide gemeinsam heil werden. Bist du dazu bereit?«

Jenny nickte.

Verluste und Erkenntnisse

Michael hatte darauf bestanden, allein mit Jenny zu arbeiten. Während ihre Mutter in der Küche geblieben war und sich Notizen für ihren Artikel über geistiges Heilen machen wollte, hatte Michael Jennifer in sein kleines, gemütliches Arbeitszimmer gebeten. Draußen tanzte der Schnee weiter in dichten Flocken vom Himmel.

»Wir haben von Harmonys körperlichen, emotionalen und energetischen Blockaden gesprochen. Aber es gibt noch eine Ebene, die mindestens ebenso wichtig ist. Und das bist du, Jenny.«

Jennifer ahnte, worauf Michael hinauswollte.

Er fuhr fort: »Jedes Pferd nimmt die Innenwelt seines Menschen ganz genau wahr. Nicht nur das, es nimmt oft seine Gedanken und Gefühle, ja sogar Körperbeschwerden auf und zeigt sie als seine eigenen. Vielleicht kann man das mit einem guten Therapeuten vergleichen, der in der Verbundenheit mit seinem Patienten ganz viel von dessen Befinden in sich selbst spüren kann. Je enger die Beziehung zwischen Pferd und Mensch, desto klarer der Spiegel.«

Jenny nickte. »Ich wollte Harmony unbedingt davor bewahren, dass sie eine unglückliche Kindheit hat, so wie ich. Und ich habe wahnsinnige Angst davor, dass bei ihr irgendwas kaputtgeht, was sich nicht mehr heil machen lässt, und dass dies meine Schuld ist.«

»Es ist sehr mutig von dir, dich persönlich so weit auf das einzulassen, was Harmony dir zeigt. Doch das ist noch nicht alles.« Er betrachtete Jenny für einen Moment mit einem Blick, der unendlich nah und fern zugleich war. »Erzähl mir von deinem Urgroßvater.«

Etwas in ihr war überhaupt nicht überrascht, dass die Sprache auf ihren Uropa kam. »Ich habe ihn nicht gekannt. Aber meine Mutter erzählt mir immer, dass er mit Pferden reden konnte, das war in Ostpreußen. Und dass er nach der Flucht in den Westen nie mehr ein Pferd angefasst hat.«

»Was ist auf der Flucht passiert, Jenny? Erzähl mir davon.«

Plötzlich begann Jennifer, in ihrem Inneren Bilder wahrzunehmen. Bilder von großrahmigen, edlen Pferden, die vor grobe Leiterwagen gespannt waren und denen man trotz ihres ausgemergelten Zustandes noch den Stolz ihrer Rasse ansah. Bilder von einer endlosen Eislandschaft, über die, gleich einer Ameisenkolonne, zusammen mit den Pferden ein Treck eingemummter Gestalten zog. Jennifer konnte die schneidende Kälte, die vollkommene Erschöpfung und das bohrende Hungergefühl der Menschen und Tiere förmlich spüren. Plötzlich hörte sie ein heulendes Geräusch und sah, wie sich der Himmel verdunkelte. Pferde und Menschen wurden unruhig, schrien, wollten flüchten, doch in der endlosen Eiswüste gab es nichts, was ihnen Schutz geboten hätte. Schon fielen die ersten Bomben auf den Zug herab, das Eis zerplatzte und gab den Blick auf tiefes Wasser frei. Menschen und Pferde brachen ein, einige von Bombensplittern tödlich getroffen, andere ertranken jämmerlich. Nach den Bomben gingen Feuersalven auf den Treck nieder, immer mehr Menschen, Pferde und Wagen versanken in den eisigen Fluten. Jennifer fand sich zugleich in der Rolle eines distanzierten Beobachters und unmittelbaren Teilnehmers. Sie spürte die unendliche Angst und Ohnmacht, den Fliegerangriffen schutzlos preisgegeben zu sein, alles zu verlieren, was man liebt, und trotzdem weitergehen zu müssen.

Plötzlich vernahm sie Michaels Stimme. »Jenny, wo bist du? An welchem Ort und in welcher Zeit?«

Ohne darüber nachzudenken, murmelte Jennifer: »Es ist Winter. Januar 1945. Sie flüchten vor den russischen Truppen.«

Die inneren Bilder wurden allmählich schwächer, glichen mehr einem durchsichtigen Schleier, und Jenny spürte wieder ihren Körper und den Raum um sie herum. Michael bat sie, ganz bewusst ihren Atem wahrzunehmen, den Boden unter ihren Füßen und den Kontakt ihres Körpers zum Sessel. Irgendwann hatte Jenny das Gefühl, wieder ganz im Hier und Jetzt angekommen zu sein.

»Das war intensiv.«

Jennifer nickte verwirrt. »Was war das?«

»Ich nehme an, das Frische Haff. Du hast gerade etwas vom Schicksal der ostpreußischen Flüchtlinge erfahren dürfen.«

»Mein Urgroßvater …«, setzte Jenny an. Dann brach sie ab. »Es war so schrecklich. All die toten Menschen und Pferde, die auf dem Eis herumlagen oder aus den Eislöchern ragten. Überall verstreut lagen Schuhe, Steppdecken, Töpfe …«

Michael nickte wieder. »Dein Urgroßvater war damals nicht viel älter als du. Er hat bei einem russischen Fliegerangriff auf seinen Treck ein Pferd verloren, mit dem er ähnlich intensiv verbunden war wie du mit Harmony. Er musste hilflos zusehen, wie es vor seinen Augen einbrach und ertrank. Als Reaktion darauf hat er sein Herz verschlossen und zeitlebens nicht mehr gewagt, es zu öffnen.«

»Und meine Angst um Harmony hat etwas damit zu tun?«, fragte Jenny ungläubig nach.

»Ein solches Verlust-Trauma kann sich von Generation zu Generation übertragen. Deine Mutter hat unbewusst versucht, ihm dadurch aus dem Weg zu gehen, dass sie sich erst gar nicht mit Pferden eingelassen hat. Du dagegen trägst nicht nur die Gabe deines Urgroßvaters, mit Pferden zu kommunizieren, sondern auch seine traumatische Erfahrung, das zu verlieren, was man am meisten liebt. Dazu kommen die Erfahrungen deiner eigenen Kindheit, die Ehe deiner Eltern auseinanderbrechen zu sehen.«

Jenny fühlte sich etwas schwindlig. Das alles war mehr, als sie im Moment erfassen und verarbeiten konnte.

Michael schien das zu spüren. »Lass es jetzt einfach mal sacken. Was du heute sehen und erfahren durftest, ist ein Geschenk. Damit hat das alte Trauma an Kraft verloren, dich und dein Leben zu bestimmen. Du kennst jetzt die tiefste Ursache deiner Angst um Harmony und weißt, dass diese Angst ursprünglich in eine andere Zeit und an einen anderen Ort gehört. Der Rest wird sich nach und nach integrieren.«

In Jennifer brannte noch eine Frage: »Hat Harmony ihre ganzen Probleme mit der Herde nur für mich erlebt? Damit ich in mir das Trauma meines Urgroßvaters erkennen konnte?«

Michael schüttelte den Kopf. »Nein. Harmony hat ihre eigenen Themen, die deinen natürlich sehr ähnlich sind, sonst hättet ihr euch ja nicht gefunden. Ihre Schwierigkeiten, sich in die Herde zu integrieren, sind Teil ihres Entwicklungsweges, in ihre innere Stärke zu kommen und diese auch nach außen auszudrücken. Ihr seid zusammen, um aneinander und miteinander zu wachsen und zu heilen. So spiegelt eine die Themen der anderen wider und umgekehrt. Darin liegt eine Riesenchance für euch beide.«

»Das hat schon mal jemand zu mir gesagt«, murmelte Jenny. »Jemand, der sich mit der Pferdesprache sehr gut auskennt.«

»Hm, es hört sich so an, als ob er auch von der Seelenverbindung zwischen Pferd und Mensch eine Menge versteht«, schmunzelte Michael.

Als sie die Küche betraten, blickte Lena Burkhard ihnen erwartungsvoll entgegen.

Michael ergriff das Wort. »Jenny hat einen riesengroßen Schritt gemacht. Ich würde sagen, die Schlacht ist halb gewonnen. Harmonys Husten sollte sich bald bessern. Ich werde sie in den nächsten Wochen energetisch dabei unterstützen, die Blockaden in ihrem Kehl- und Brustraum zu lösen und sich mehr zu erden. Sobald die Zirkulation der Lymphe sich normalisiert, wird auch das Immunsystem wieder besser funktionieren, und ihre Überreaktion auf Allergene wird sich erheblich reduzieren.«

Er blickte Jenny an. »Du kannst Harmony unterstützen, indem du dich immer daran erinnerst, dass es zum Heilwerden auf euch beide ankommt.«

»Müssen wir das Pferd nicht aus diesem Stall wegnehmen, wenn sie sich nicht richtig in die Herde einleben kann und ihr das solchen Stress macht?«, warf Lena Burkhard ein.

Jennifer sah ihre Mutter an. Sie machte sich zum ersten Mal wirklich Gedanken um Harmony.

Michael schüttelte den Kopf. »Ein weiterer Stallwechsel würde im Moment einfach zu viel neuen Stress produzieren, denn da wäre ja wieder eine Herde, in die sie hineinfinden müsste. Warten wir etwas damit. Indem das alte Angstmuster und die damit verbundenen Bilder sich von Harmonys Herzzentrum langsam ablösen, wird sie sich in der Herde mehr und mehr als das starke Pferd zeigen können, das sie eigentlich ist.«

Er begleitete die beiden zum Auto, das komplett unter einem dicken weißen Mantel begraben war. Jenny machte sich gleich mit großem Elan daran, es von den pulvrigen Neuschneemassen zu befreien.

»Wenigstens schneit es nicht mehr«, seufzte Lena Burkhard. »Hoffentlich landen wir bei der Fahrt raus aus dem Tal nicht im Graben.«

»Kein Problem«, grinste Michael. »Ich komme gerne mit meinem Jeep und rette euch.«

Er und Lena blickten sich einen Moment länger als üblich in die Augen. »Wir bleiben in Kontakt«, murmelte sie und verschwand schnell im Wagen.

Michael zwinkerte Jenny zu, bevor sie einstieg. »Halte mich auf dem Laufenden.«

Der Weg war erstaunlicherweise geräumt, sodass sie die Landstraße am Talausgang sicher erreichten.

»Ich wundere mich über gar nichts mehr«, hörte Jenny ihre Mutter vor sich hin murmeln und hakte nach: »Was hältst du von ihm?«

Lena Burkhard schwieg einen Moment. »Er ist faszinierend … Vielleicht schreibe ich etwas über ihn.«

Zu ihrer Überraschung spürte Jennifer so etwas wie Eifersucht in sich aufsteigen.

»Der lässt sich garantiert nicht vermarkten.«

Die Mutter ignorierte die Bemerkung ihrer Tochter.

»Was hat er eigentlich mit dir gemacht, als ihr zusammen in seinem Arbeitszimmer wart?«

Jenny zögerte. Dann antwortete sie betont beiläufig. »Wieso gemacht? Wir haben uns unterhalten.«

Sie konnte einfach mit niemandem darüber sprechen, was sie gesehen und erfahren hatte. Außer mit Harmony.

Sobald sie den Wald verlassen hatten, verwandelte sich der Schnee in einen dünnen Regen. Gleich nach ihrer Rückkehr radelte Jennifer in den Stall.

Harmony stand mit zwei anderen Pferden an einer der Heuraufen und fraß. Als sie Jenny bemerkte, ließ sie ihr warmes Brummeln hören und kam zu ihr getrottet. Bei ihr angekommen, legte Harmony ihre Nase zur Begrüßung an ihre Wange und begann, sie mit den Lippen zärtlich zu liebkosen. Einmal mehr spürte Jenny, wie sehr sie Harmony liebte.

»Ich muss dir etwas Wichtiges sagen«, wandte Jennifer sich an ihr Pferd. Harmony richtete aufmerksam ihre Ohren auf sie.

»Du hast deine Geschichte und ich habe meine Geschichte. Um meine kümmere ich mich von jetzt an selbst, du musst nichts mehr für mich tragen. Und ich will, dass unsere gemeinsame Geschichte von jetzt an nicht mehr so schwer ist. Wir haben uns gefunden, das ist Grund genug, sich jeden Tag zu freuen. Alles andere schaffen wir, du und ich, zusammen!«

Als habe sie Jennifers Botschaft genau verstanden, lehnte Harmony ihre Stirn gegen Jennys Brust und verweilte dort. Auch Jenny wandte sich still nach innen und spürte die unendlich tiefe und feine Verbindung zwischen ihnen.

Das war der Weg.

Es war verabredet, dass Jennifer dieses Jahr die Weihnachtstage bei ihrem Vater verbringen sollte, um endlich Linda kennenzulernen. Nachdem sie am Sonntagmorgen noch einmal nach Harmony geschaut hatte, holte er sie zu Hause ab.

»Und ich kann dich wirklich allein lassen?«, murmelte Jenny, als sie ihre Mutter zum Abschied umarmte.

»Klar«, lachte Lena Burkhard, »ich habe massig zu arbeiten und bin froh, wenn ich mal ein paar Tage Ruhe habe.«

Jenny hatte am Weihnachtsmorgen zusammen mit ihrem Vater den Baum geschmückt und den Tisch schön gedeckt. Dieses Jahr würden sie allerdings nicht zusammen kochen, Linda hatte sich darum gekümmert, dass ein erstklassiger Cateringservice um achtzehn Uhr eine Weihnachtsgans mit allen Beilagen an der Tür abliefern würde.

»Woher kennst du sie überhaupt?«, fragte Jenny. »Du bist doch permanent auf Geschäftsreise.«

»Sie ist Anwältin und vertritt unsere Firma in versicherungsrechtlichen Fragen. Sie hat mich damals übrigens sehr darin bestärkt, dir Harmony zu kaufen«.

»Ja, und sie fand auch, dass ich es mit Harmony total übertreibe«, setzte Jenny hinzu. »Glaub nicht, dass ich mir das nicht gemerkt hätte.« Ihr kam ein Gedanke. »Weiß Mama überhaupt davon?

»Jenny! Deine Mutter und ich sind seit zehn Jahren geschieden. Sie lebt ihr Leben, und ich lebe meines«, protestierte ihr Vater. »Ich würde mich jedenfalls sehr freuen, wenn du dich mit meiner zukünftigen Frau gut verstehen würdest.«

Jennifer riss die Augen auf. »Zukünftige Frau?«

Für einen Moment hatte sie das Gefühl, als löse sich der Boden unter ihren Füßen auf und sie würde in eine unendliche Tiefe stürzen. Aus der Ferne drang die Stimme ihres Vaters zu ihr.

»Warum lernst du Linda nicht einfach mal kennen?«

Jenny konnte nicht verhindern, dass ihr die Tränen kamen. Warum ging ihr das nur so nahe? Vielleicht, weil durch die Hochzeit ihres Vaters mit einer neuen Frau etwas unwiederbringlich zu Ende ging?

Plötzlich kam ihr die Sitzung mit Michael in den Sinn. Ging es bei dem Trauma ihres Urgroßvaters nicht auch darum, das zu verlieren, was man am meisten liebte? Sie war eben im Begriff, ihren Vater zu verlieren und ihre Stellung als die Nummer eins in seinem Leben.

Pünktlich um halb sechs erschien Linda in der Wohnung, eine schlanke, sportliche Frau mit dunklen Haaren. Sie ging freundlich auf Jennifer zu, die sich wieder etwas gefangen hatte.

»Wie schön, dich endlich kennenzulernen, Jenny, so von Reiterin zu Reiterin. Hätte ich eine Tochter, würde ich mir wünschen, dass sie so pferdebegeistert ist wie du.«

Jenny verkniff sich ihrem Vater zuliebe eine zickige Bemerkung. Stattdessen versuchte sie, höflich Small Talk zu machen. »Sie haben auch ein eigenes Pferd?«

»Du musst Linda zu mir sagen! Schließlich sind wir bald eine Familie!«, rief sie aus.

Jenny konnte aus den Augenwinkeln sehen, wie ihr Vater zusammenzuckte, als spüre er, dass Lindas einnehmendes Wesen bei Jennifer überhaupt nicht gut ankam.

Doch Linda plapperte unverzagt weiter. »Ich habe zwei Turnierpferde, mit denen ich Dressur reite. Na ja, eigentlich habe ich noch einen Sechsjährigen, Spumante, der einstweilen in dem Aktivstall hier in der Nähe steht, den ihr euch ja auch mal angesehen habt. Sehnenprobleme. Ich dachte, ich gebe ihm noch mal ein Jahr, vielleicht erholt er sich wieder, wenn er einfach nur draußen rumläuft. Eigentlich schade, er war mein vielversprechendstes Pferd; mit vier ist er A gegangen, mit fünf schon L. Immer mit super Noten. Ich hatte ihn für ein paar M-Prüfungen gemeldet, dann fing er an zu lahmen. Wirklich schade.«

Während Jennifer ihr zuhörte, empfing sie in sich plötzlich ein klares Wissen, es war einfach da. Gleichzeitig wusste sie ohne jeden Zweifel, dass es von dem jungen Wallach kam, über den Linda gerade sprach.

Schon kamen Worte aus ihrem Mund: »Der Turnierstress macht ihn fertig. Es ist einfach zu viel für ihn, in der Saison jedes Wochenende irgendwo anders anzutreten und unter die ersten drei kommen zu müssen. Er braucht das Gefühl, um seiner selbst willen geliebt zu werden, nicht wegen seiner Leistung, dann wird er auch wieder gesund.«

Klaus Burkhard blickte seine Tochter erstaunt an. Auch Linda war für einen Moment verstummt. Dann verzog sie das Gesicht zu einem dünnen Lächeln.

»Ach, ihm hat das doch Spaß gemacht, sich zu präsentieren und zu gewinnen. Dafür habe ich ihn ja schließlich ausgebildet.«

In diesem Moment verstand Jenny, warum Spumante lahmte. Er versuchte seiner Reiterin zu zeigen, dass es noch etwas anderes gab als vordere Platzierungen. Doch Linda schien sehr weit davon entfernt, sich darauf einzulassen. Und diese Frau sollte ihre neue Stiefmutter werden …

Jenny schaffte es, das ganze Weihnachtsfest hindurch eine höfliche Fassade aufrechtzuerhalten, um ihrem Vater nicht den Abend zu verderben. Linda hatte ihr eine pinkfarbene Satteldecke mit passender Fliegenhaube und Bandagen geschenkt. Als würde sie ihre Harmony jemals mit so etwas verunzieren.

Gleich nach dem gemeinsamen Frühstück am nächsten Morgen ließ sie sich vorzeitig nach Hause bringen unter dem Vorwand, dringend nach dem Pferd schauen zu müssen.

Die Wohnung war leer. Komisch, wollte ihre Mutter nicht arbeiten?

Sie zog ihre Reitsachen an und radelte zum Stall. Harmony begrüßte sie mit einem entrüsteten Wiehern, als wolle sie sagen: Du warst gestern nicht da, hast du mich vergessen? Jenny legte ihr das Knotenhalfter an und ging mit ihr in den Wald. Sie musste in Ruhe nachdenken. Mehr noch als die zukünftige Frau ihres Vaters beschäftigte sie die plötzliche Kontaktaufnahme durch deren jungen Wallach. War das die Art, wie Michael mit Harmony kommuniziert hatte? Doch im Gegensatz zu Michael hatte sie gar nicht bewusst den Kontakt zu Spumante gesucht. Er hatte sich vielmehr bei ihr gemeldet. Sie musste unbedingt mit Michael darüber reden. Er war der Einzige, der das verstehen würde.

Wie Michael es vorausgesagt hatte, wurde Harmonys Zustand von Tag zu Tag besser. Nicht nur hustete sie immer seltener, auch veränderte sich ihr Auftreten in der Herde.

Sie ging nun zunehmend selbstbewusster auf die Heuraufen zu, und wenn ein anderes Pferd sie mit Drohgebärden vertreiben wollte, wich sie höchstens etwas zur Seite aus, um sich gleich wieder dem Heu zuzuwenden. Und auch sie selbst begann nun, andere niederrangige Pferde mit Drohgebärden von der Raufe zu vertreiben, wenn sie neben ihr fressen wollten.

Jenny schrieb Michael jeden Tag eine Mail mit Harmonys Fortschritten. Auf den Bericht von ihrer Kommunikation mit Spumante schrieb er zurück: »Gut! Weiter so. Jetzt, wo du dabei bist, das Trauma deines Urgroßvaters aufzulösen, bekommst du auch mehr und mehr Zugang zu seiner Gabe, mit Pferden auf einer sehr tiefen Ebene zu kommunizieren.«

Auch über Harmony hatte der Tierarzt und Heiler Gutes zu vermelden: »Deine Stute spricht sehr fein auf die energetische Unterstützung an. Ihr Körper arbeitet daran, seine Überreaktion auf die Allergene zurückzusetzen. Ich glaube, was ihre Allergie angeht, wird sie wieder in den Zustand vor der Herdenintegration zurückkommen, also keine manifesten Symptome wie Husten mehr zeigen.«

Als Jenny ihrer Mutter freudestrahlend davon erzählte, zeigte diese ein feines Lächeln. »Ich weiß.«

»Woher?« Jennys Gesicht war ein einziges Fragezeichen.

»Du wirst vielleicht überrascht sein, aber ich werde mit Michael zusammen ein Buch über das geistige Heilen von Pferden schreiben. Harmony kommt auch darin vor.«

Jenny traute ihren Ohren nicht. »Wie bitte? Du verstehst

doch überhaupt nichts von Pferden, geschweige denn von der geistigen Kommunikation mit ihnen.«

»Aber vom Schreiben«, erwiderte ihre Mutter.

Jennifer fühlte Wut in sich aufsteigen. »Wann habt ihr das überhaupt ausgeheckt? Ich dachte, ich bin diejenige von uns, die mit Michael in Kontakt ist?«

Lena Burkhard wurde plötzlich ernst. »Ich will ehrlich mit dir sein. Michael und seine Arbeit gingen mir einfach nicht aus dem Sinn. Also bin ich am Sonntag vor Weihnachten wieder hingefahren. Da ist dann die Idee zu dem Buch entstanden.«

»Toll! Nachdem du mich zu Papa abgeschoben hattest«, warf Jenny ein. »Warum hast du mir nichts gesagt?«

»Warum regst du dich denn so auf? Ich dachte, du magst Michael.«

»Eben weil ich ihn mag, rege ich mich auf. Er ist mein Freund. Du kannst ihn mir nicht einfach wegnehmen!«, schluchzte Jenny auf und lief türenknallend in ihr Zimmer. Schon wieder war sie im Begriff, etwas zu verlieren.

»Meine Eltern drehen gerade beide völlig durch. Mein Vater will so eine Turniertussi heiraten und meine Mutter schreibt plötzlich ein Buch über das geistige Heilen von Pferden.«

Wie immer tat es total gut, sich bei ihrer Freundin Joy telefonisch auszuquatschen.

Dann berichtete sie Joy noch mal haarklein von all den Ereignissen der letzten Wochen.

Als sie geendet hatte, war Joy einen Moment still. »Meinst du, deine Mutter hat was mit diesem Michael Bauer?«

Jenny spürte einen Stich im Herzen. Joy hatte den Nagel auf den Kopf getroffen. Sie war gar nicht so sauer, dass ihre Mutter mit Michael das Buch schrieb, das war eigentlich ziemlich cool. Es tat weh, dass sie sowohl ihre Mutter als auch Michael nun teilen musste. Sie fühlte sich, zum zweiten Mal innerhalb von kürzester Zeit, als wenn sie aus dem Nest geschubst würde.

Als sie ihre Gedanken mit Joy teilte, meinte die Freundin: »Vielleicht bist du ja bereit, zu fliegen.«

»Wie meinst du das?«, fragte Jennifer nach.

»Na ja, die Vogeleltern stupsen ihre Kleinen aus dem Nest, damit sie lernen, ihre eigenen Flügel zu gebrauchen. Weißt du, Jenny, du hast dich wahnsinnig verändert, seit ich dich im Sommer das erste Mal hier gesehen habe. Ich will einfach nur sagen, für mich bist du kein kleines Küken, das im Nest sitzen muss. Für mich bist du ein ziemlich starker Jungvogel.«

Jennifer spürte auf einmal eine große Erleichterung. Joy hatte recht. Was ihr keiner nehmen konnte, waren ihre Freundschaft mit Harmony und ihr Wissen darum, welche Hindernisse sie schon gemeinsam überstanden hatten. Harmony war eine so starke Pferdepersönlichkeit und all die schwierigen Erfahrungen hatten sie letztlich noch stärker gemacht. Das Band, das zwischen ihnen in den letzten Monaten gewachsen war, konnte durch nichts mehr zerstört werden.

Veränderungen

Ihre Mutter wollte gleich nach dem Frühstück in den Spessart zu Michael fahren, um ihn für ihr gemeinsames Buch über seine Heilarbeit zu interviewen.

»Das mit gestern Abend tut mir leid«, meinte Jenny, als sie beide schweigend an ihrem Müsli kauten.

»Schon in Ordnung.«

»Weißt du eigentlich, dass Papa wieder heiraten will?«, schob Jenny nach.

Lena Burkhard nickte. »Er hat es mir erzählt. Und mich um Verständnis gebeten, dass er mich nicht zur Hochzeit einladen kann. Seine Freundin hat damit ein Problem.«

»Kein Wunder – so eine Tussi«, zischte Jennifer.

Ihre Mutter blickte sie nachdenklich an. »Das ist alles nicht so einfach für dich, oder?«

Jennifer zuckte mit den Schultern. »Von mir aus kann er machen, was er will. Du auch. Ihr seid doch alt genug …«

»Danke, mein Schatz, für die Erlaubnis«, gab Lena Burkhard ironisch zurück.

Wieder aßen beide schweigend weiter.

»Mama?«, machte Jenny einen Vorstoß. »Wäre es für dich okay, wenn ich mit Harmony die letzte Ferienwoche zu Joy ins Blue-Horse-Zentrum fahren würde? Im Zentrum ist in der ersten Januarwoche kursfreie Zeit. Ich habe doch am 6. Januar Geburtstag, und ich würde mir mehr als alles andere wünschen, an meinem 14. Geburtstag dort zu sein …«

»Wie willst du denn mit dem Pferd da hinkommen?«, fragte Lena Burkhard.

»Hab ich mir schon alles überlegt. Papas Freundin hat einen Pferdeanhänger und Papa ein total schlechtes Gewissen, weil er das mit der Hochzeit so lange verschwiegen hat, dass er mich bestimmt hinfährt!«

Jennys Mutter konnte sich ein Grinsen nicht verkneifen. »Und wie willst du es mir verkaufen?«

Ein zuckersüßes Lächeln erschien auf Jennys Gesicht. »Du, liebste Mama, brauchst doch jetzt ganz viel Zeit und Ruhe, um mit Michael an eurem Buch zu arbeiten. Und wenn ich weg bin, musst du dich nicht auch noch um mich kümmern«.

»*Liebste Mama* habe ich ja schon ewig nicht mehr geheißen«, erwiderte ihre Mutter lachend.

Jenny umarmte sie. »Ich nehme das als ein Ja!«

Dann lief sie schnell in ihr Zimmer und rief Joy an.

»Es hat geklappt! Sie lässt mich fahren und Papa krieg ich auch noch rum.«

»Hab ich dir doch gesagt«, meinte Joy lakonisch. »Wenn deine Eltern gerade so mit sich beschäftigt sind, sind sie froh, wenn du mal aus dem Weg bist.«

Harmony ging so leicht in Lindas teuren Turnieranhänger, als binde sie nichts an den Stall und die Herde. Selbst als Carlos ihr sehnsuchtsvoll nachwieherte, wandte sie noch nicht einmal den Kopf. Die Fahrt verlief ruhig, und wie sie vorausgesagt hatte, war ihr Vater sehr um sie bemüht. Sie hatte ihn in letzter Minute davon abbringen können, Linda mitzunehmen, die ihrerseits über die Maßen erleichtert schien, dass sie sich keine »Cowboyranch« anschauen musste.

Als sie Harmony im Blue-Horse-Zentrum aus dem Anhänger führte, ließ die Stute ein trompetenartiges Wiehern hören, dass sogleich von verschiedenen Seiten beantwortet wurde. Als wolle sie sagen: Endlich wieder zu Hause! Auch Jennifer fühlte, wie ihr Herz leicht und weit wurde, als sie die vertraute Anlage erblickte.

Nachdem sie Harmony zum Wiedereingewöhnen in einem Paddock untergebracht hatten, von dem aus die Stute Kontakt zu den anderen Pferden hatte, beschlossen Joy und Jenny erst einmal auszureiten. Jennifer hatte fast vergessen, wie gut es sich anfühlte, auf einem Pferderücken zu sitzen. Sie ritt Caruso nur mit einem Bareback-Pad und konnte die rhythmischen Bewegungen des Pferdes genau unter sich spüren. Joy saß sogar nur auf dem blanken Rücken ihres Wallachs Sugar. »Hilft beim Denken«, meinte sie.

Sie ließen die Pferde ganz entspannt im Schritt am langen Zügel nebeneinanderher durch die offene Landschaft laufen. Jennifer spürte in sich ein sehnsuchtsvolles Ziehen.

Wie unglaublich schön müsste es sein, eines Tages mit Harmony hier entlangzureiten …

»Ich muss dir etwas zeigen!«, unterbrach Joy ihre Gedanken.

Sie nahm die Zügel etwas auf und gab Sugar eine Galopphilfe. Caruso sprang ebenfalls sofort an, und die Freundinnen galoppierten johlend den verschneiten Feldweg entlang, während ihnen der frische Januarwind ins Gesicht blies.

Als in der Ferne ein weißes Gehöft in Sicht kam, parierten sie durch zum Schritt. Beim Näherkommen erkannte Jennifer ein kleines Bauernhaus mit Scheune und Stallungen, die einen gepflasterten Hof umschlossen. Sie saßen ab und führten die Pferde durch das Tor.

»Wir haben den Hof nach dem Tod des Eigentümers gekauft, vor allem wegen des Weidelands, das dazugehört. Dad hat überlegt, das Gebäude an irgendeinen Städter zu verpachten, der ein Haus auf dem Land sucht«, erklärte Joy.

Jenny spürte, wie ihr Herz schneller schlug. Vor ihrem geistigen Auge konnte sie plötzlich alles ganz genau sehen: Sie würde hier mit Harmony leben, und ihre Mutter würde Bücher über Pferde schreiben. Auch Michael war da und andere Pferde, die zur Behandlung gekommen waren.

Ebenso plötzlich, wie sich die inneren Bilder geöffnet hatten, waren sie wieder verschwunden.

»Wie findest du's?«, hörte sie Joys Stimme.

Jennifer brauchte eine Weile, um zu antworten. Dann sagte sie: »Joy, ich weiß, das klingt jetzt total verrückt. Aber ich hatte grade das ganz bestimmte Gefühl, dass wir hier einmal einziehen werden.«

Joy schaute sie nachdenklich an: »Komisch, ich auch.«

Jenny und Harmony genossen die Tage im Blue-Horse-Zentrum. Die letzten Reste ihres Hustens waren nun verschwunden und auch von den übrigen Symptomen war nichts mehr zu sehen. Mehr noch als das hatte sich etwas in ihrer Beziehung grundlegend verändert. Jenny blickte nicht mehr mit Angst und Sorge auf ihr Pferd, sondern vertraute auf die Stärke und Klarheit ihrer Stute. Und je mehr sie das tat, desto tiefer und einfacher wurde ihre Kommunikation mit Harmony, ob beim Spazierengehen im Gelände oder einfach nur, wenn sie sie auf dem Paddock versorgte. Oft reichte es, dass Jenny einen Gedanken fasste, damit Harmony das Vorgestellte im selben Moment auch schon freudig ausführte. Gleichzeitig wusste Jennifer immer öfter ganz intuitiv, ohne dass sie es hätte begründen können, was ihre Stute gerade fühlte und brauchte.

Wenn die beiden miteinander im Roundpen oder am langen Seil arbeiteten, war Joy da, die den klaren Blick ihres Vaters geerbt hatte und ihr wertvolle Tipps gab. Auf der anderen Seite ließ sich die Freundin gespannt alles von Jennifers Erfahrungen mit der Seelenkommunikation berichten.

Als Jenny mit den Jones und ihren Mitarbeitern das letzte Abendessen im Haupthaus einnahm, konnte sie spüren, wie Ray sie aufmerksam musterte. Nachdem die Mahlzeit beendet war, kam er auf sie zu.

»Im Sommer beginnt bei uns im Zentrum eine Horsemanship-Trainerausbildung. Wie wäre es, wenn du mit Harmony teilnimmst?«

Jennifer verschlug es die Sprache. Dann stotterte sie: »Trainerausbildung? Du meinst, dass ich selbst Horsemanship-Trainerin werde? Aber ich bin doch … also ich meine …«

»Überleg es dir«, meinte Ray in seiner trockenen Art und wandte sich schon zum Gehen.

»Ja«, rief Jenny ihm hinterher. Und noch mal: »Ja!«, während auf ihrem Gesicht ein seliges Grinsen erschien.

Joy war aufgeregt hinzugetreten.

»Dad, Jen könnte doch während der Ausbildung für ein Jahr mit Harmony zu uns ziehen und hier zur Schule gehen, oder?«

Jenny riss die Augen auf. Das war gerade alles fast mehr, als sie verkraften konnte.

»Ich hätte nichts dagegen«, gab Ray zurück, »ganz im Gegenteil. Wir könnten gut noch jemanden gebrauchen, der uns hier zur Hand geht. Arbeit ist genug da. Dafür bekommst du freie Kost und Logis – und dein Pferd natürlich auch.«

»Juhuuuu«, jubelte Joy. »Ich bekomme eine Adoptivschwester!«

»Nun mal langsam«, schaltete Betty sich ein. »Jenny muss erst mal mit ihren Eltern darüber reden.«

»Könnt ihr nicht mit meiner Mutter reden?«, brach es aus Jennifer heraus. »Ich habe solche Angst davor, dass sie Nein sagt.«

Ray schüttelte langsam den Kopf. »Alle Türen stehen hier

für dich offen. Aber nun liegt der Ball in deinem Spielfeld. Du musst deiner Mutter klarmachen, warum es für dich so wichtig ist, zusammen mit Harmony hierherzukommen. Warum rufst du sie nicht einfach an und lässt dein Herz sprechen?«

Jennifer saß in ihrem dunklen Zimmer. Was war es eigentlich, dass sie so sehr an diesen Ort zog? Sicher, sie wusste, dass es ihrem Pferd hier sehr gut gehen würde. Und dass sie die beste Ausbildung bekäme, die sie sich nur wünschen könnte. Doch das war nicht alles.

Entschlossen griff sie zum Telefon und wählte die Handynummer ihrer Mutter. Als sie sich meldete, legte Jenny einfach los, bevor der Mut sie wieder verlassen konnte. Zu ihrem Erstaunen flossen die Worte von ganz allein aus ihrem Mund.

»Mama, ich weiß jetzt ganz tief in mir drin, dass das mit den Pferden mein Weg ist. Ich will da weitermachen, wo Urgroßvater aufgehört hat. Und es gibt keinen Ort, wo ich das besser könnte als hier. Ray hat mir angeboten, dass ich zum nächsten Schuljahr für ein Jahr hier hochkommen, hier zur Schule gehen und von ihm alles über das Pferdeflüstern lernen könnte. Es ist ein bisschen wie ein Jahr Pferdeinternat.«

Lena Burkhard schwieg. Schließlich sagte sie: »Warum überrascht mich das jetzt nicht?«

»Du bist nicht dagegen?«

»Wenn Papa zustimmt und das mit dem Schulwechsel kein Problem ist, bin ich bereit, es mir zu überlegen.«

Den letzten Ausschlag gab Jennifers Halbjahreszeugnis. Sie hatte es geschafft, in allen Hauptfächern auf eine Zwei zu kommen.

»Ich sehe nicht, was einem Schulwechsel entgegenstünde«, meinte Frau Furtwängler, die dieses Jahr ihre Klassenlehrerin war. »Jennifer hat gezeigt, dass sie sehr motiviert sein kann. Sie hat sich zwischendurch sogar mal fast zu sehr angestrengt. Doch nun hat sie ein gutes Maß gefunden. Ich bin fest davon überzeugt, dass sie den Anschluss finden kann. Ich kann einen Schulwechsel darum voll und ganz unterstützen.«

»Jetzt habe ich wohl keine Argumente mehr«, meinte ihre Mutter, als sie aus dem Gesprächszimmer kamen.

»Mama, wovor hast du eigentlich Angst?«, fragte Jennifer. »Wie war das gleich? Du hast mal gesagt, das Schlimmste ist, dass wir auf einem Holzweg gelandet sind und den ganzen Weg wieder zurücksetzen müssen. Erinnerst du dich?«

Lena Burkhard lachte. »Du schlägst mich mit meinen eigenen Waffen.«

Jenny sah ihrer Mutter in die Augen. »Und noch was, Mama. Ich glaube, Urgroßvater würde sich darüber freuen.«

Jennifers Mutter nickte. »Ja, er freut sich.«

* * *

Verzeichnis der Fachbegriffe

Ein erweitertes Glossar findet sich auf der Webseite www.harmonyeinpferdfuerimmer.com/glossar.

Abäppeln – Die Pferdeäpfel vom Boden von Stall oder Reitplatz auflesen.

Abkauen, Kauen – Mit Kaubewegungen zeigt das Pferd allgemein an, dass es sich loslässt und entspannt (manchmal auch mit Gähnen). In der Bodenarbeit kann das Leerkauen oft beobachtet werden, nachdem das Pferd eine neue Aufgabe erfolgreich bewältigt hat (siehe auch Lecken des Mauls).

Abschnauben – Mit dem Schnauben lässt das Pferd eine körperliche oder mentale Anspannung los oder signalisiert allgemein Zufriedenheit.

Abschnobern – Pferde sind sehr neugierig und untersuchen neue Dinge gerne zuerst mit der Nase, indem sie die Nüstern weit aufblähen und beim »Beschnuppern« des ihnen unbekannten Objekts oft deutlich hörbar die Luft einsaugen und ausstoßen.

Agility Parcours, Agility – In einem umgrenzten Bereich werden verschiedene, oft sehr fantasievolle Hindernisse aufgebaut, welche die Vertrauensbereitschaft und Geschicklichkeit des Pferdes herausfordern. Ein Agility Parcours kann von Pferd und Mensch geritten, am langen Seil oder in Freiarbeit durchlaufen werden.

Aktivstall, Bewegungsstall – In den letzten beiden Jahrzehnten im deutschsprachigen Raum entwickelte Haltungsform für Pferdeherden, bei der eine voll automatisierte Fütterung an verschiedenen Stationen (siehe auch Heufutterautomat, Kraftfutterautomat) in kleinen Portionen über den ganzen Tag verteilt wird. Das Pferd ist so dazu angehalten, sich zwischen den Stationen den ganzen Tag zu bewegen. Jedes Pferd trägt dabei einen individuell programmierten Chip (siehe Transponder).

Alphatier, Leittier – Allgemein geht man in der Verhaltensbiologie davon aus, dass es in Herden klare Rangordnungen gibt, wobei der Anführer als Leittier oder Alphatier bezeichnet wird. In Pferdeherden lässt sich nach verhaltensbiologischen Beobachtungen neben der Dominanz eines Pferdes über ein anderes allerdings auch eine zweite, mindestens genau so wichtige Form von Beziehung beobachten: die der Freundschaft zwischen einzelnen Pferden. Im artgerechten Umgang mit Pferden sollte sich darum beides widerspiegeln, sowohl Respekt als auch Vertrauen zwischen Mensch und Pferd.

Antreten lassen – Dem Pferd einen Vorwärtsimpuls geben, damit es beginnt, nach vorne zu treten.

A-Prüfung – Eine von fünf Prüfungsklassen im deutschen

Turniersport (Dressur und Springen). A steht für die Anfängerklasse, die im Schwierigkeitsgrad nach der E-Klasse (Einsteiger) kommt.

Arbeit am (langen) Seil – Im Natural Horsemanship gibt es allgemein zwei Arten der Bodenarbeit: die Arbeit am Knotenhalfter und einem langen Arbeitsseil sowie die Freiarbeit. Am langen Seil geht es um pferdegerechte Kommunikation. Das in der Regel durchhängende Seil wird als Impulsgeber benutzt, um dem Pferd Bewegungen vorzuschlagen, nicht, um es irgendwo hin- oder wegzuziehen.

Bande – Die Umgrenzung einer Reitbahn.

Bareback-Pad – Auch Reitpad oder Reitkissen genannt. Eine sehr leichte und flexible Reitunterlage aus unterschiedlichsten Materialien, die anstelle eines Sattels verwendet werden kann. Der Vorteil ist, dass die Bewegungen des Pferdes vom Reiter sehr genau erspürt werden können; der Nachteil ist, dass Reitkissen die empfindliche Wirbelsäule des Pferdes nicht frei halten.

Barhuf – Das Pferd wird ohne Hufeisen geritten. Bei gesunden Pferdehufen sollte das kein Problem sein, die Hufe müssen allerdings regelmäßig durch einen qualifizierten Hufpfleger ausgeschnitten werden. Der Einsatz von Hufschuhen steht Barhuf nicht entgegen. Manche Pferde brauchen aus orthopädischen Gründen einen bestimmten Beschlag, hierüber entscheidet im Einzelfall ein guter Hufschmied.

Blutgallen – Einblutungen in der Sohle des Pferdehufs, in der Regel bei dünner Hufsohle.

Bodenarbeit – Die Bodenarbeit, also die Arbeit mit dem Pferd vom Boden aus, ist der Gegenpol zum Reiten, der Arbeit auf dem Pferd. Im Natural Horsemanship werden allgemein zwei Arten der Bodenarbeit unterschieden: die Arbeit am Knotenhalfter und einem langen Arbeitsseil sowie die Freiarbeit. Weiterhin kann das Pferd in der klassischen Dressur vom Boden aus mit Kappzaum und Doppellonge weitreichend gymnastiziert werden. Auch die Arbeit an der Longe zählt zur Bodenarbeit.

Boxenhaltung – Das Pferd lebt bis zu 24 Stunden in einer Box von ca. 10 – 15 qm (abhängig von der Größe des Pferdes). Ursprünglich als eine Verbesserung der früher üblichen und heute tierschutzwidrigen Ständerhaltung eingeführt, ist auch eine reine Boxenhaltung von Pferden wegen des Mangels an Sozialkontakten und Bewegung unter dem Gesichtspunkt des Tierschutzes fragwürdig.

Dressur – Disziplin des Turniersports, die auf einer systematischen Gymnastizierung des Pferdes und Verfeinerung der reiterlichen Hilfen beruht.

Einschuss – Bakterielle Entzündung von Bindegewebe und Lymphgefäßen, hervorgerufen durch eine Verletzung der Haut. Meistens am Bein, schwillt dieses an der betreffenden Stelle stark an und muss mit entzündungshemmenden Mitteln behandelt werden.

Englischreiten – Die englische Reitweise ist durch einen beständigen Kontakt zum Pferd über Zügel-, Schenkel- und Gewichtshilfen bestimmt, sowie durch eine bestimmte Art von Sattel und Trense. Sie liegt unter anderem dem internationalen Dressur- und Springsport zugrunde. Andere Reitweisen sind etwa das Westernreiten oder die Klassische / Barocke Dressur.

Flatterbandstraße – Mögliches Hindernis in einem Agility Parcours, bei dem aus flatternden Bändern eine Gasse gebaut wird, die das Pferd durchlaufen muss; für das schreckhafte Fluchttier Pferd eine große Herausforderung.

Fliegender Galoppwechsel – Dressurlektion, bei der das Pferd während des Galopps vom Rechts- in den Linksgalopp wechselt und umgekehrt.

Frame Overo – Scheckzeichnung, bei der die weißen Flächen wie von einem dunklen Rahmen umgeben sind.

Freiarbeit – Im Natural Horsemanship gibt es allgemein zwei Arten der Bodenarbeit: die Arbeit an Knotenhalfter und langem Seil sowie die Freiarbeit. Die Freiarbeit braucht einiges an Pferdeerfahrung, denn hier arbeiten Pferd und Mensch ganz ohne äußere Hilfsmittel miteinander. Es wird nur durch Körper und Stimme, maximal noch mit Seil oder Stöckchen, mit dem freilaufenden Pferd kommuniziert. Je nach Ausrichtung der Freiarbeit kann sich die Beziehung hier mehr als in jeder anderen Kommunikationsform entwickeln und vertiefen. Traditionell in einem Roundpen durchgeführt, kann ein eingespieltes Pferde-Mensch-Paar auch an anderen Orten frei miteinander arbeiten, wie im Agility Parcours oder auf einer eingezäunten Wiese.

Frisches Haff – Teil der Ostsee südwestlich des ehemals ostpreußischen Königsbergs, heute Kaliningrad. Am Ende des 2. Weltkriegs verloren Tausende deutscher Flüchtlinge bei der Flucht über das zugefrorene Haff ihr Leben.

Fühligkeit – Empfindlichkeit bzw. Schmerzen der (in der Regel zu flachen oder zu dünnen) Hufsohle. Das Pferd läuft vorsichtig bis verhalten und kann im schlimmsten Fall sogar lahmen.

Full-Stop – eine Figur aus dem Reining, der Dressur des Westernreitens. Das Pferd stoppt aus vollem Galopp, indem es sich auf seine Hinterhand setzt. Die fortgeschrittene Form ist der Sliding-Stop, bei dem das Pferd (mit speziellen Eisen und auf speziellem Boden) dabei noch einige Meter weitergleitet.

Haflinger – Ursprünglich aus Tirol stammende Gebirgspferderasse, die sich durch cremefarbenes Fell und helles Deckhaar auszeichnet. Haflinger gelten als gutmütig und eigenwillig und sind heute beliebte Freizeitpferde.

Herdenverband – Das Leben in der Herde ist ein Grundbedürfnis des Pferdes, um seelisch ausgeglichen zu sein. Idealerweise in einem kleinen Verband kann es zusammen mit seinen Artgenossen ein angemessenes Sozialleben entwickeln durch gemeinsames Fressen, Trinken, Ruhen oder Fellpflege.

Heu ad libitum – Das Pferd ist ein Dauerfresser. Bei der »ad lib«-Fütterung kann es seinen Bedarf an Raufutter (Heu) 24 Stunden lang frei stillen. Engmaschige Heunetze können dabei verhindern, dass die Pferde sich überfressen. Auch können bei übergewichtigen Pferden neben dem Heu andere Raufutterarten zur Verfügung gestellt werden.

Heufutterautomat – In einem Aktivstall darf das Pferd, je nach Programmierung seines Transponders, an diesem

Automaten in bestimmten Abständen für eine bestimmte Zeit Heu fressen.

Homöopathisches Mittel, Homöopathie – Alternativmedizinische Behandlungsmethode nach Samuel Hahnemann, die auch in der Tierheilkunde eingesetzt wird. Ein richtig gewähltes homöopathisches Mittel wirkt schnell, günstig und nebenwirkungsfrei. Die Wahl des richtigen Mittels braucht allerdings große Erfahrung und nicht für jedes Krankheitsbild ist die Homöopathie die beste Wahl. Im Idealfall arbeiten traditionelle und alternative Medizin zum Wohl des Pferdes zusammen.

Huflederhaut – Sie verbindet die Hufkapsel mit dem Hufbein und ist auch für das Wachstum des Hufhorns zuständig. Der schlimmste Fall einer Entzündung der Huflederhaut ist die Hufrehe.

Hufpfleger(-in) – Ein Hufpfleger ist fachlich dazu ausgebildet, die Hufe von barhuf laufenden Pferden auszuschneiden, zu bearbeiten und damit gesund zu erhalten. Er beschlägt nicht, kann aber im besten Fall mit einem Hufschmied zusammenarbeiten.

Hufrehe – Äußerst schmerzhafte Entzündung der Huflederhaut, hervorgerufen durch mechanische Überbelastung oder durch Stoffwechselstörungen. Eine Hufrehe kann im schlimmsten Fall dazu führen, dass sich Hufbein und Hufkapsel komplett voneinander ablösen.

Hufschuhe – Ein Pferd kann durch Empfindlichkeit und Schmerzen in der Hufsohle fühlig laufen. Durch Hufschuhe, in der Regel an den beiden Vorderhufen, wird die Sohle geschützt, und das Pferd kann sich wieder schmerzfrei bewegen. Hufschuhe kommen oft in der Umstellung von Beschlag auf Barhuf zum Einsatz.

Integration, Integrationsprozess, Herdenintegration – Ein neues Pferd muss unbedingt schrittweise in eine bestehende Herde integriert werden, um gesundheitsschädlichen Dauerstress (der Neuling kann nicht in Ruhe fressen, trinken oder ruhen) sowie ein hohes Verletzungsrisiko durch Rangordnungskämpfe zu vermeiden. Am besten geschieht das mit einer innerhalb der Herde abgegrenzten Integrationszone, in der das neue Pferd selbst entscheiden kann, wie viel Rückzug und wie viel Kontakt es jeweils braucht.

Integrationszone – Abgegrenzter Bereich zur Eingliederung von neuen Pferden in eine bestehende Herde.

Knotenhalfter – aus einem dünnen Nylonseil geknotetes Halfter mit einem langen Arbeitsseil daran, das unter anderem in der Bodenarbeit des Natural Horsemanship verwendet wird. Die Knoten wirken auf ganz bestimmte Nervenpunkte des Pferdekopfes ein, wodurch eine feine Kommunikation möglich wird. Darum sollte ein Knotenhalfter immer individuell an den Pferdekopf angepasst werden. Zum Anbinden sollte man es aus dem gleichen Grund nicht verwenden, da sich das Pferd bei zu starkem Druck auf das Halfter ernsthaft verletzen kann.

Kotwasser – Vor oder nach dem Äpfeln läuft braunes Wasser aus dem After. Oft ein Zeichen von psychischem Stress und Störungen der Darmflora. Wenn das Auftreten von Kotwasser anhält, sollte ein Tierarzt hinzugezogen werden.

Kraftfutterautomat – In einem Aktivstall darf das Pferd, je nach Programmierung seines Transponders, an diesem Automaten in bestimmten Abständen eine vordefinierte Portion Kraftfutter (z. B. Hafer) fressen.

Krankenbox – Separater Bereich in einem Offenstall, in dem kranke Pferde zur Genesung abgesondert werden können, ohne den Kontakt zu ihrer Herde zu verlieren.

Laufstall – Eine Haltungsform, in der sich die Pferde im Herdenverband frei auf einer umgrenzten und zumindest teilweise befestigten Fläche bewegen können. Der Gegensatz dazu ist die Einzelhaltung. Auch wenn ein Lauf- oder Offenstall prinzipiell die Form der Pferdehaltung ist, die dem Herden- und Lauftier Pferd am meisten gerecht wird, so hängt es doch von vielen Faktoren ab, ob sich ein individuelles Pferd in dieser Haltungsform tatsächlich wohlfühlt. Letztlich gibt es nicht die eine Haltungsform, die für jedes Pferd passt, vielmehr muss von Fall zu Fall entschieden werden, welches Pferd an welchem Ort am besten aufgehoben ist.

Lecken, sich mit der Zunge das Maul lecken, auch: Lecken und Kauen – In der Bodenarbeit leckt sich das Pferd oft die Lippen, nachdem es eine neue Aufgabe erfolgreich bewältigt hat und ausgiebig gelobt wurde. Allgemein zeigt das Pferd mit Lecken der Lippen den Übergang von einem Zustand der Anspannung zu Entspannung an.

Leittier – *siehe Alphatier*

Liegehalle – In der Haltungsform des Offenstalls der Bereich, in dem sich die Pferde bei Bedarf hinlegen oder ruhen können. Wichtig sind hier ein weicher, nachgiebiger Untergrund sowie eine ausreichende Größe der Liegehalle im Verhältnis zur Anzahl der Pferde. Oft besitzen Offenställe statt einer Liegehalle auch nur Unterstände, an deren Untergrund jedoch dieselben Anforderungen zu stellen sind.

Longe – Das Pferd läuft an einer langen Leine im Kreis um den Longenführer herum. Das Longieren wird vor allem im Anfänger-Reitunterricht sowie in der Jungpferdeausbildung eingesetzt.

L-Prüfung – Eine von fünf Prüfungsklassen im deutschen Turniersport (Dressur und Springen). L steht für die Leichte Klasse, die im Schwierigkeitsgrad nach der A-Klasse kommt.

M-Prüfung – Eine von fünf Prüfungsklassen im deutschen Turniersport (Dressur und Springen). M steht für die Mittelschwere Klasse, die im Schwierigkeitsgrad nach der L-Klasse kommt. Die höchste Klasse ist die (Schwere) S-Klasse.

Natural Horsemanship, NHS – Aus den USA stammende Bewegung, die sich um eine artgerechte Kommunikation zwischen Mensch und Pferd bemüht. Die »Pferdesprache« bildet die Basis des NHS und ist in erster Linie Körpersprache, auf fortgeschrittenen Ebenen das sogenannte »feel«, das am besten mit »Ausstrahlung, Energie« zu übersetzen wäre. Eine wesentliche Methode des NHS ist die Bodenarbeit am Knotenhalfter, in der mit verschiedenen Übungen die Beziehung zum Pferd immer wieder neu geklärt und beständig vertieft wird. Ein fortgeschrittenes Element des NHS ist die Freiarbeit im Roundpen. Die Grundprinzipien des NHS sind Vertrauen und Respekt zwischen Mensch und Pferd (in beide Richtungen!), die zu einer echten und tiefen Partnerschaft zwischen beiden führen können.

Offenstallhaltung – *siehe Laufstall*

Overo – Scheckzeichnung, bei der die weiße Farbe sich über den Bauch ausbreitet. Die Rückenlinie ist dunkel, ebenso meistens die Beine. Es gibt verschiedene Typen von Overo-Schecken.

Paddock – Eingezäunter Auslauf unterschiedlicher Größe, der überwiegend befestigt und damit auch im Winter trittfest gemacht ist. In der Regel ist ein Paddock, neben der Liegehalle, Teil eines Offenstalls. Im Gegensatz zur Weide gibt es auf einem Paddock keinen Grasuntergrund.

Paddockbox – Einzel-Pferdebox, an die ein mehr oder minder großer Austritt angeschlossen ist. Diese Haltungsform stellt eine verbesserte Form der Boxenhaltung dar, wird bei einem gesunden Pferd allerdings dessen Bedürfnis nach Sozialkontakten und Bewegung in der Regel nicht gerecht.

Paddock-Trail, Paddock Paradise – Aus den USA stammende, spezielle Form der Offenstallhaltung, die anstatt einer großen, eingezäunten Fläche aus langen Laufwegen, sogenannten Tracks, besteht. Pferde bewegen sich im Allgemeinen nicht mehr, als es der Erfüllung ihrer Grundbedürfnisse dient. Durch die Anlage eines Paddock-Trails mit unterschiedlich langen Tracks werden die Pferde dazu verleitet, ständig »auf Wanderschaft« zu sein, was ihrem natürlichen Verhalten näherkommt, als nur an einer Heuraufe herumzustehen. Damit wird die Gesunderhaltung der Hufe sowie des ganzen Pferdes gefördert. In unseren Breiten ist die Anlage eines ganzjährigen Paddock-Trails allerdings eine sehr aufwendige und kostenintensive Angelegenheit, denn die Untergründe der Tracks müssen, ebenso wie beim Laufstall, zumindest teilweise befestigt werden, damit sie sich bei Regen nicht in eine Matschlandschaft verwandeln.

Paint, Paint Horse – Geschecktes Quarter Horse, das seit den 1960er-Jahren in den USA als eigene Rasse gilt. Die verschiedenen möglichen Scheckzeichnungen sind durch die American Paint Horse Association (APHA) genau festgelegt.

Pferdeflüstern – Deutsche Bezeichnung für das Natural Horsemanship.

Ponys, Kleinpferde und Pferde – Je nach Größe unterscheidet man Ponys (Stockmaß von höchstens 148 cm), Kleinpferde (zwischen 130 und 147,3 cm, also eigentlich auch ein Pony) und Großpferde (über 148 cm Stockmaß). Das Stockmaß entspricht der Höhe des Widerrists.

Quarter, Quarter Horse – Aus den USA stammende Pferderasse, die auf die importierten Pferde der spanischen Eroberer sowie der europäischen Siedler des 17. Jahrhunderts zurückgeht. Benannt nach den Ende des 18. Jahrhunderts populären Quarter Mile Races (Viertelmeilenrennen), die im Süden der USA auf den Dorfstraßen ausgetragen wurden, wurden Quarter Horses die

Arbeitspferde der amerikanischen Cowboys. Quarter Horses sind mittelgroße, muskulöse Pferde, die als sehr intelligent und nervenstark gelten. Sie kommen heute vor allem im Western- und Freizeitreiten zum Einsatz.

Ranghoch, rangniedrig – Bezeichnet den Rang, den ein Tier innerhalb der Rangordnung einer Herde einnimmt. Bei Pferden ist die Ranghöhe nicht der einzige soziale Faktor; es gibt auch Freundschaften zwischen ranghohen und rangniedrigen Tieren.

Rappschecke – Schwarz-weiß geschecktes Pferd, im Gegensatz zu einem braun-weiß gescheckten Braunschecken.

Raschelplane – Mögliches Hindernis in einem Agility Parcours, bei dem auf dem Boden eine knisternde Plane ausgelegt wird, über die das Pferd laufen soll. Für das schreckhafte Fluchttier Pferd ist das eine große Herausforderung.

Roundpen – Ein runder, hoch eingezäunter Platz von mindestens 14 m Durchmesser, in dem sich das Pferd bei der Arbeit vollkommen frei – d. h. ohne Sattel, Zaumzeug oder Halfter – bewegen kann. Der Roundpen ist ein geeigneter Ort für die Freiarbeit mit Pferden. Man kann darin Pferde auch longieren.

Salzleckstein – Um ihren Salzhaushalt ausgeglichen zu halten, sollte Pferden immer ein Leckstein zur Verfügung stehen. Dieser wird von Pferden auch sehr gern benutzt. Darüber hinaus ist es empfehlenswert, die Raufuttergaben regelmäßig mit einem Mineralfutter zu ergänzen, da im Heu heutzutage oft nicht mehr alle Mineralien enthalten sind, die das Pferd zu seiner Gesunderhaltung braucht. Hierüber kann eine Heuanalyse Aufschluss geben.

Schulbetrieb – Ein Stall, in dem Reitschülern sogenannte Schulpferde zur Verfügung stehen und in dem es regelmäßigen Reitunterricht gibt. In einem Stall ohne Schulbetrieb stehen nur Privatpferde.

Schulpferd – Ursprünglich ein klassisch gut geschultes Pferd, von dem ein Reiter viel lernen konnte. Mit der Ausbreitung des Freizeitreitens in Deutschland wurde der Begriff auf all die kaum ausgebildeten Verleihpferde angewandt, die in Reitschulen Reitanfängern stundenweise zur Verfügung stehen.

Selektionszone – Bereich in einem Aktivstall, zu dem ein Pferd bedarfsweise Zugang bekommen kann, um Heu ad libitum zu fressen.

Shetlandpony, Shetty – Ursprünglich von den Shetlandinseln stammende Ponyrasse, die nicht größer als 107 cm Stockmaß wird und vor allem als Kinderpony sehr beliebt ist.

Sohle, Hufsohle – Die Hornschicht zwischen der Unterseite des Hufbeins und der äußeren, sichtbaren Sohle. Die Tiefe und Wölbung der Sohle entscheidet darüber, ob das Pferd fühlig läuft.

Sommerweide, Sommerkoppel – Viele Freizeitpferde und Zuchtstuten mit ihren Fohlen werden während der Weidesaison von Mai bis Oktober ausschließlich auf der Koppel gehalten und vom Weidegras ernährt. Da nicht alle Pferde eine solche Sommerweidehaltung vertragen, kommen sie alternativ dazu im Sommer nur stundenweise aufs Gras und verbringen den Rest des Tages mit Heufütterung im (Offen-)Stall.

Splashed White Overo – Overo-Scheckzeichnung, bei der das Pferd aussieht, als sei es mit weißer Farbe »bespritzt«.

Stichelhaar – Das plötzliche und massive Auftreten von weißen Haaren im Fell kann beim Pferd unter anderem auf einen überlasteten Stoffwechsel hindeuten. Bei einigen Pferden kann das Stichelhaar auch eine natürliche Farbgebung sein, die in Hell oder Dunkel auftritt.

Strahl, Hufstrahl – Strahlförmiges, gummiartiges Bindegewebspolster an der Unterseite des Pferdehufs, das im Gegensatz zum umgebenden Hufhorn sehr empfindlich ist.

Tierheilpraktiker(-in) – Alternativmedizinisch geprägte(r) Heilkundige(r) ohne tierärztliche Ausbildung und Zulassung. Der Begriff Tierheilpraktiker ist in Deutschland nicht gesetzlich geschützt.

Tobiano – Scheckzeichnung, bei der die weiße Farbe über die Rückenlinie verläuft. Außerdem haben Tobiano-Schecken weiße Beine.

Traber – Ein ursprünglich bei Trabrennen eingesetztes Pferd. Traber können aus unterschiedlichen Rassen stammen.

Trakehner – Ursprünglich aus Ostpreußen stammende Pferderasse, deren Zucht nach dem 2. Weltkrieg in Deutschland wieder aufgebaut wurde. Trakehner gelten durch ihren hohen Vollblutanteil als besonders ausdauernd und leistungsstark. Sie werden heute auf der ganzen Welt gezüchtet und vor allem im Vielseitigkeitssport und der Dressur eingesetzt.

Transponder – Ein individuell programmierter Chip, den jedes Pferd in einem Aktivstall z. B. in die Mähne eingeflochten trägt und der die Fresszeiten und -mengen von Kraft- und Raufutter (im Aktivstall ist das vor allem Heu) sowie eventuelle Zugangsberechtigungen zu Selektionszone und Weide regelt.

Vollblut-Quarter-Mix – Eine Kreuzung aus Quarter Horse und Vollblut.

Wälzplatz – Mit Sand oder groben Holzspänen bestreuter Bereich im Offenstall, an dem die Pferde sich wälzen können. Das Wälzen ist ein arteigenes Bedürfnis des Pferdes und zeigt Entspannung und Wohlbefinden an. Außerdem ist es eine natürliche Form der Fellpflege.

Weichenlassen (der Vorder- oder Hinterhand) – Bodenarbeits- und Gymnastizierungsübung, bei der die Vorder- oder Hinterbeine des Pferdes seitlich übertreten.

Westernreiten – Die Westernreitweise entstammt dem Gebrauchsreiten der amerikanischen Cowboys. Es ist ein Impulsreiten mit einhändiger Zügelführung und durch eine bestimmte Art von Sattel und Trense gekennzeichnet. Das Westernreiten kennt unterschiedlichste Disziplinen, die an die Arbeitsweise der Cowboys angelehnt sind (z. B. Cutting, Reining, Trail). Andere Reitweisen sind etwa das Englischreiten oder die Klassische/Barocke Dressur.

Widerrist – Der oft knochig herausstehende Übergang von Hals zum Rücken bei Säugetieren.

© Wolfgang Volk

Alexia Meyer-Kahlen wuchs mit Pferden auf und lebt heute mit ihren Tieren auf dem Vogelsberg. Nach einem Drehbuchstudium am American Film Institute promovierte sie über den kreativen Schreibprozess. Sie arbeitet psychotherapeutisch unter anderem mit Achtsamkeit und Pferden und empfindet das Schreiben von Jugendbüchern als die schönste Nebensache der Welt.

Carola Wimmer; Lea Schmidbauer; Kristina Magdalena Henn

Ostwind: Zusammen sind wir frei / Rückkehr nach Kaltenbach

ca. 320 Seiten, ISBN 978-3-570-17200-1

Mikas erster Aufenthalt bei ihrer strengen Großmutter auf dem Gestüt Kaltenbach sollte eigentlich eine Strafe fürs Sitzenbleiben sein. Doch im Stall findet Mika den wilden Hengst Ostwind – und stellt überrascht fest, dass sie die Sprache der Pferde versteht! Jetzt setzt sie alles daran, Ostwind zu bändigen ... Als Mika mit ihrer besten Freundin Fanny nach Kaltenbach zurückkehrt, stellt sich heraus, dass das Gut kurz vor der Pleite steht! Zudem entdeckt Mika Wunden an Ostwinds Bauch. Was haben der benachbarte Pferdehof und der Junge Milan damit zu tun? Der Doppelband enthält die Bände „Ostwind-Zusammen sind wir frei“ und „Ostwind-Rückkehr nach Kaltenbach“.

10326

cbj

www.cbj-verlag.de

Carola Wimmer

Hope –
Sprung ins Glück

ca. 160 Seiten, ISBN 978-3-570-22628-5

Als Leonie sich den Knöchel bricht, bedeutet das nicht nur das Aus für ihre Karriere als Eiskunstläuferin. Sie muss auch das Sportinternat verlassen und zurück in ihre Heimatstadt, wo ihr die neuen Mitschüler einen Neuanfang schwer machen. Der Zufall führt sie auf den benachbarten Pferdehof, wo sie auf Hope trifft. Sie spürt sofort, dass sie und das Pferd eine besondere Verbindung haben, doch die Besitzer verbieten ihr den Umgang mit dem Tier ...

40334

www.cbj-verlag.de